诸子文选

ZHUZIWENXUAN

国学读本

武汉大学国学院 编

高二年级 上册

湖北长江出版集团
湖北教育出版社

前言

郭齐勇

（武汉大学国学院院长、博士生导师）

我国传统的教育，特别重视培育孩子们有健康良好的性格、品行，使其拥有一定的文化教养。古人说的“蒙以养正”，或“正蒙”，即开蒙的时候一定要端正。这是说：由有德的家长与老师对儿童发蒙，教他立志做一个正直的人，有理想情操的人；儿童从小受到父母长辈与老师的言传身教，如果他的生活环境、语言环境都端正无邪，这将有益于他一辈子的健康成长。也即是说，对儿童、少年给予正面、正确的教育是十分重要的。作为人之父母、人之师长，有责任与义务让孩子从小就在正而无邪的环境中生活，培养其分辨是非善恶的能力，打下做人做事的基础。

传统文化宝库中有大量脍炙人口、传之久远的蒙学读物，如《三字经》《百家姓》《千字文》《千家诗》《弟子规》《幼学琼林》等，还有一些家训、家书等读物，都是“正蒙”的好教材。《四书》（《论语》《孟子》《大学》《中庸》）及其他典籍中都有不少有益身心的圣哲格言，教育我们如何立志有恒，如何做一个对民族、对人类有用的人。

十年树木，百年树人。国民教育、中小学教育对一代代国民的基本素养的形成与提高最为关键。人文、人性的价值，中华民族历史文化的价值是长久的、根本的。我们现在最缺乏的是生动活泼的、适合不同学龄孩子的性情教育与生命教育，人之所以为人的基本价值观、做人做事底线与人的生活目的的教育，而这对于国家民族的长久利益，对现代法治社会、公民社会的建构，意义十分重大。做什么人，培养什么人，是根本。人是目的，不是工具、手段。

我认识一些儿童的家长，他们指导自己的子女或孙子女，适当背诵一点古代经典，对开发智力很有好处。孩子们从三岁到十三岁的记忆力最强，多背一点，打一点童子功很有必要。这一年龄段只要多背诵一些经典，以后再慢慢理

解、反刍，终身会受益无穷。这不仅对孩子们学人文有好处，而且对孩子们学科学有好处，对孩子们将来立身行世都有好处。

孔子提倡诗书礼乐之教。他讲：“志于道，据于德，依于仁，游于艺。”（《论语·述而》）又说：“兴于《诗》，立于礼，成于乐。”（《论语·泰伯》）孔夫子让弟子优游、涵养、陶冶于诗书礼乐教化之中，养成健全的人格。国学中有很多内容及教育方式，属于博雅教育及君子人格培育的范畴，中国传统文人很看重个体人的生存品味与品质，很重视人文的熏陶和修养。其中，诗词歌赋、棋琴书画的作用很是重要。

有鉴于此，我们编写了这套国学读本。这套国学读本分为两种版本，供各校师生及适龄青少年读者根据不同情况选用：

第一种版本是综合读本。按学年段来分，按主题形式编写，共有 4 本，分别供小学一—二年级、小学三—六年级、初中和高中使用。每一册有四大单元，而单元主题的选择，我们仍然讲求“无一字无来历”的原则。第一册是根据《论语》“弟子入则孝，出则悌，谨而信，泛爱众而亲仁，行有余力则以学文”来划分单元的。第二册根据朱熹《小学》内外篇所立的纲目。第三册则根据《论语》所云“志于道、据于德、依于仁、游于艺”。第四册的分章根据便是家喻户晓的“孔门四科”。同时，每单元下面又有三个主题。每个主题之下又分为四个部分：经典集锦、千古佳话（或嘉文撷英）、国学常识、如琢如磨。

第二种版本是专题读本。按学期来编写，基本上按一册经典对应一册国学读本形式呈现，共有 24 本。分别供小学一年级至高中三年级学生分上、下学期使用；各册第一章为本书概述，对本书作者、主要内容和历史演变等进行简明扼要的介绍，以便读者完整地了解该书。第二章及以后各章为具体古文内容解

读、延伸阅读和问题与讨论等。

当然，我们对于主题的选择、内容的安排，也注意阶段性，希望各册自成体系。学生阅读循序渐进，庶几有所得。

需要指出的是，这套国学读本所遴选的古文篇目，大多已距我们年代久远，其表述的某些观念与价值自然与今天的现实有所悖谬。然而，中国能有如此悠久的历史，其中必然贯穿有亘古不变的义理，心同理同，无须怀疑。因此，我们对古书内容并非全盘照搬，而是进行了精选，剔除了明显糟粕性的内容，实在无法剔除，也在注释中加以说明，以实现对学生的正面引导。

本套书由武汉大学国学院组织编写，郭齐勇主编，孙劲松和向珂担任了谋篇布局与统稿工作。本册书由邓国宏、张志强主编。编写工作得到湖北教育出版社同仁的指导支持与关心，谨此深致谢忱。编写类似读本的工作，尚在尝试阶段，其中的疏漏在所难免，敬请读者们不吝指正。我们的宗旨是，在青少年学生朋友的阅读使用中，不断对本套国学读本加以修订完善，使它逐步成为一套体例完善、选文精当、方便学生阅读且富于启发思维的国学精品，为传播国学知识，继承国学传统而尽一点绵薄之力。

目录

第一章　老子 …………………………………………… 1

第一节　老子与《老子》 ……………………………… 1

第二节　老子的“道”论、“德”论 ……………………… 1

第三节　老子的辩证法 ………………………………… 6

第四节　老子的人生和社会政治哲学

——自然无为、柔弱、虚静 ………………… 11

第二章　墨子 …………………………………………… 17

第一节　墨子及其学派 ………………………………… 17

第二节　兼爱 …………………………………………… 18

第三节　非攻 …………………………………………… 25

第三章　庄子 …………………………………………… 30

第一节　庄子与《庄子》 ……………………………… 30

第二节　狂人与狂言 …………………………………… 31

第三节　逍遥游 ………………………………………… 33

第四节　齐物论 ………………………………………… 42

第五节　大宗师 ………………………………………… 49

第四章　荀子 …………………………………………… 57

第一节　荀子与《荀子》及先秦诸子百家 ……………… 57

第二节　天论 …………………………………………… 57

第三节　礼论 …………………………………………… 68

第四节　性恶 …………………………………………… 75

第五章　韩非子 ………………………………………………… 87

第一节　韩非与《韩非子》……………………………………… 87

第二节　韩非子·难势第四十 ………………………………… 87

第三节　韩非子·定法第四十三 ……………………………… 95

第一章　老子

第一节　老子与《老子》

关于《老子》的作者与成书年代：

一般认为，《老子》一书的作者老子是先秦道家学派的创始人。但是老子是谁，是什么时候的人，学界一直没有定论。目前普遍认为，老子姓李，名耳，字聃，楚国苦县（今河南鹿邑东）人，年长于孔子，做过东周王朝的守藏室（藏书室）史，相当于今天国家图书馆的馆长。目前可见最早的《老子》文本是 1993 年在湖北荆门郭店楚墓发现的竹简《老子》，根据学者的研究，它最迟不晚于公元前三百年。因此《老子》的成书年代应在春秋末期、战国前期这一段时间之内。此外《老子》一书是否为老子一人著作完成，学术界也有不同看法，有人认为《老子》一书可能还包括了老子门徒和后学的思想。

今天阅读《老子》一书比较好的注释版本有：

王弼（著），楼宇烈（校释）. 老子道德经注校释. 北京：中华书局，2008 年.

陈鼓应. 老子注译及评介（修订增补本）. 北京：中华书局，2009 年.

第二节　老子的“道”论、“德”论

《老子》第二十五章

有物混成①**，先天地生。寂兮寥兮**②**，独立不改，周行而不殆**③**，可以为天下母。吾不知其名，字之曰“道”，强为之名曰“大”**④**。大曰逝**⑤**，逝曰远**⑥**，远曰反**⑦。

故道大、天大、地大、王亦大。域中⑧**有四大，而王居其一焉。**

人法地，地法天，天法道，道法自然⑨。

【注释】

①有物混(hún)成:“混”,整个。　②寂兮寥兮:“寂”,静,无声;“寥”,空虚无形。　③周行而不殆:“周”,环绕、循环;“殆”,困乏、疲惫。④强为之名曰“大”:“大”形容“道”的广大无边,无所不包。　⑤大曰逝:“曰”,则、于是;“逝”,流行不息。　⑥逝曰远:“远”,至极。　⑦远曰反:“反”,通“返”,返回、回归。　⑧域中:空间之中,宇宙之中。　⑨道法自然:道自己如此。

【译文】

有一个浑然一体的东西,在天地产生以前就存在。既无声息,又无形体,独立存在而无外物可以改变它,循环运行而永不停息,可以为天下万物的根源。我不知道怎样称呼它,叫它做“道”,勉强为它取名“大”。他广大无边而周流不息,周流不息而无所不至,伸展遥远而又返回本原。

所以说:道大,天大,地大,王也大。宇宙之间有四大,而王居其一。人效法地,地效法天,天取法于道,道则自己如此(效法它自己)。

《老子》第一章

道可道,非常道[1];名可名,非常名[2]。无名天地之始[3],有名万物之母[4]。故常无欲,以观其妙[5];常有欲,以观其徼[6]。此两者同出而异名,同谓之玄[7],玄之又玄,众妙之门[8]。

【注释】

①道可道,非常道:第一个“道”是人们习称之道,第二个“道”是言说的意思,第三个“道”是老子哲学中专有的概念,它指宇宙万物的本原。“常”,恒常不变。　②名可名,非常名:第一个“名”字之具体事物的名称,第二个“名”字是称谓的意思,第三个“名”字也是老子的专用术语,是指称“道”的名。③无,名天地之始:“名”,称谓。“无”,指它(道)是天地的本始。　④有,名万物之母:“有”,指它(道)是万物的依赖。　⑤故常无欲,以观其妙:经常从“无”的方面以认识“道”的神妙作用。　⑥常有欲,以观其徼(jiào):“徼”,边界。经常从有的方面来观察万物的边际。　⑦此两者同出而异名,同谓之玄:“此两者”指上文的“无”和“有”。“玄”,幽昧深远。　⑧玄之又玄,众妙之门:深远而又深远,它是一切神妙变化所出的地方。

【译文】

可以用言词表述的道，就不是永恒的道；可以说得出来的名，就不是永恒的名。“无”是说它（道）是天地的本始；“有”是说它（道）是万物的根原。所以常从无中，去观照道的神妙作用；常从有中，去观照道的边际。无和有这两者，同一个来源（道）而不同名称，都可说是很幽深的。幽深而又幽深，它是一切神妙变化的出处。

《老子》第二十一章

孔德之容①，惟道是从。

道之为物，惟恍惟惚②。惚兮恍兮，其中有象③；恍兮惚兮，其中有物。窈兮冥兮，其中有精④；其精甚真，其中有信⑤。

自古及今，其名不去，以阅众甫⑥。吾何以知众甫之状哉！以此⑦。

【注释】

①孔德之容："孔"，大、盛。"德"，事物从道所得的特性，或者说是道在事物身上的显现与作用。"容"，模式、样式。　②惟恍惟惚："恍""惚"，仿佛，不可捉摸。　③其中有象："象"，迹象。　④窈兮冥兮，其中有精："窈"，幽深，深远；"冥"，昏暗；"精"，精气。　⑤其精甚真，其中有信："信"，证实，应验。　⑥以阅众甫："甫"。开始。以观察万物的起始。　⑦以此："此"，指"道"。

【译文】

大德的样态随着道而转移。道这个东西，恍惚不可捉摸。那样的恍恍惚惚，其中却有迹象；那样的恍恍惚惚，其中却有实物。那样的深远暗昧，其中却有精质；这精质最真实而有信验。从古到今，它的名字不能废去，掌管着万物的起始。我怎么知道万物本始的状况呢？（就是）依据它（道）。

《老子》第四十二章

道生一①，一生二②，二生三③，三生万物④。万物负阴而抱阳⑤，冲气以为和⑥。

人之所恶，唯孤、寡、不穀⑦，而王公以为称。故物，或损之而益，

或益之而损。人之所教，我亦教之。强梁者不得其死[8]，吾将以为教父[9]。

【注释】

①道生一："一"不是数目的一，而是指道浑然一体，没有分化的状态。　②一生二：混沌分化出阴阳对立的两个方面。　③二生三：阴阳相交而产生了具体的事物。　④三生万物：如此不已，而产生了许许多多的千差万别的事物。　⑤万物负阴而抱阳："负"，背负；"抱"，怀抱。意指万物内涵着阴阳两个方面。　⑥冲气以为和："冲"，涌摇。"冲气"，指阴阳二气的相互激荡。　⑦孤、寡、不穀："孤"，孤立、单独；"寡"，少、小；不穀，不善。这些词的含义本都不好，古时帝王用来作为自己的谦称。　⑧强梁者不得其死："强梁"，有力量而又强横。　⑨教父：教育、教人的开始。

【译文】

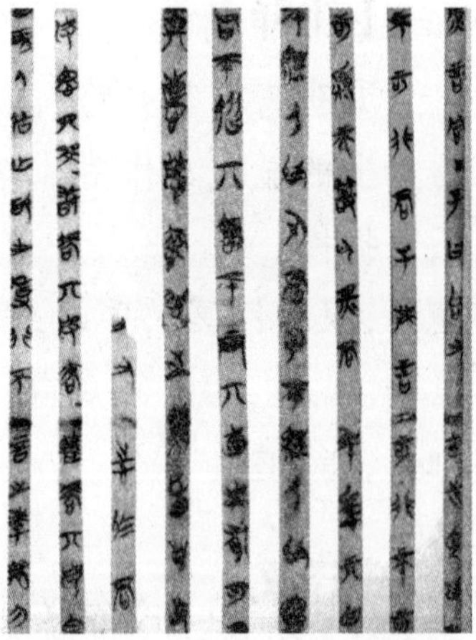

宇宙的原始是一种混沌不分的统一体，统一体衍化而产生阴阳，阴阳相交而形成具体事物，如此不停，则产生许许多多千差万别的事物。在万物的内部就蕴涵着阴阳两种势力，它们相互激荡而形成为一个平衡的统一体。

人所厌恶的就是"孤""寡""不穀"，但是王公却用它们来称呼自己。所以，一切事物，有时减损它，它反而得到增益，增益它，它反而受到减损。别人（用此）教导我的，我也用来教导他人：强暴的人得不到好的结果，我把它作为施教的起始根本。

《老子》第五十一章

道生之，德畜之，物形之，势成之[1]。是以万物莫不尊道而贵德。道之尊，德之贵，夫莫之命而常自然[2]。故道生之，德畜之，长之育之，亭之毒之[3]，养之覆[4]之。生而不有，为而不恃，长而不宰，是谓玄德[5]。

【注释】

①道生之，德畜之，物形之，势成之："畜"，养育，繁殖。"势"，环境。

②莫之命而常自然："命"，命令，引申为主宰、干涉的意思。"自然"，自己如此。　③亭之毒之："亭"，结果实；"亭之"，使之结果实。"毒之"，使之成熟。　④覆：覆盖，保护，维护。　⑤玄德：深远的德性。

【译文】

道使万物得以产生，德是使万物繁殖，万物呈现各种形态，环境使万物得以成就，所以万物没有不尊崇道而贵重德的。道之所以被尊崇，德之所以被贵重，就在于它不加干涉，而顺其自然。所以，道使万物得以产生，德使万物得到养育、繁殖，使万物成长、发育，使万物结果、成熟，对万物爱养、保护。生养了万物而不据为己有，兴作万物而不自恃其能，长养万物而不为主宰，这就是所谓最深的德。

延伸阅读

老子传

老子者，楚苦县厉乡曲仁里人也，姓李氏，名耳，字聃，周守藏室之史也。

孔子适周，将问礼于老子。老子曰："子所言者，其人与骨皆已朽矣，独其言在耳。且君子得其时则驾，不得其时则蓬累而行。吾闻之，良贾深藏若虚，君子盛德容貌若愚。去子之骄气与多欲，态色与淫志，是皆无益于子之身。吾所以告子，若是而已。"孔子去，谓弟子曰："鸟，吾知其能飞；鱼，吾知其能游；兽，吾知其能走。走者可以为罔，游者可以为纶，飞者可以为矰。至于龙，吾不能知其乘风云而上天。吾今日见老子，其犹龙邪！"

老子修道德，其学以自隐无名为务。居周久之，见周之衰，乃遂去。至关，关令尹喜曰："子将隐矣，强为我著书。"于是老子乃著书上下篇，言道德之意五千余言而去，莫知其所终。

问题与讨论

1. 老子一般不直接说"道"是什么，而是通过种种描述来体会"道"。你认为老子的"道"是什么？

2.《老子》一书又称《道德经》，你认为老子的"道""德"和今天的"道德"概念有什么不同？

第三节　老子的辩证法

《老子》第二章

天下皆知美之为美，斯恶已[1]；皆知善之为善，斯不善已。故有无相生，难易相成，长短相较[2]，高下相倾[3]，音声相和[4]，前后相随。是以圣人处无为之事，行不言之教[5]，万物作焉而不辞[6]，生而不有，为而不恃，功成而弗居。夫唯弗居，是以不去。

【注释】

①天下皆知美之为美，斯恶已：这里是说，有了美的观念，丑的观念也就同时产生了。　②长短相形："形"，使之现形，显露，显示。　③高下相倾："倾"，帛书甲乙本均作"盈"。"盈"为"呈"之假借字，呈现。　④音声相和："音"和"声"在古人的使用中有所区别，"声"指简单的发声，"音"指有节奏的声响的组合。　⑤处无为之事，行不言之教：以"无为"处事，以"不言"行教。"无为"，不妄为；"不言"，不发号施令，而实行潜移默化的引导。　⑥万物作焉而弗始："始"，创始，造作。

【译文】

天下的人都知道美之所以为美，丑的观念就会同时存在了：都知道善之所以为善，恶的观念也就同时产生了。有和无互相生成，难和易相互对待而成立，长和短相互对待而显示，高和低相互对待而显现，音和声彼此应和，前和后连接相随。因此，有道之人以"无为"的态度去对待世事，施行"不言"的教导方略，（任凭）万物自然而然地生长变化而不去造作事端，生养万物而不据为己有，培育万物而不自恃自己的能力，功成业就而不自我夸耀。正由于不自我夸耀，所以他的功绩不会泯灭。

《老子》第五十八章

其政闷闷[1]，其民淳淳[2]；其政察察[3]，其民缺缺[4]。祸兮福之所倚[5]，福兮祸之所伏[6]。孰知其极[7]？其无正[8]？正复为奇，善复为妖[9]。人之迷，其日固久。是以圣人方而不割[10]，廉而不刿[11]，直而不肆[12]，光而

不耀⑬。

【注释】

①其政闷闷：闷闷，昏昏昧昧，这里是宽容的意思。其政闷闷，国家的政治宽容。 ②淳淳：淳厚质朴。 ③察察：严密、苛酷。 ④缺缺：帛书乙本同，甲本作"夬"。缺、夬均借为狯，狡猾的意思。老子认为宽容的政治（也就是"无为"的政治）可以使社会风气淳厚朴实，人民才可以安然自在，过着幸福宁静的生活。相反，政治严苛，则会导致民风狡诈，社会混乱。⑤祸兮，福之所倚：倚，依傍。灾祸呵，幸福正依傍在它里面。 ⑥福兮，祸之所伏：伏，潜藏。幸福呵，灾祸正潜藏在它里面。 ⑦极：尽头，极限。⑧无正：即无定，没有定准。 ⑨正复为奇，善复为妖：正常再转变为反常，善再转变为恶。 ⑩方而不割：割，用刀刃伤害人。方正但不会伤害人。⑪廉而不刿：廉，棱边，形容锐利。刿，用刀尖刺伤。 ⑫直而不肆：直率而不放肆。 ⑬光而不耀：光亮但不刺眼。耀，过分明亮。这几句说明，人的行为，方、廉、直、光是好的，但随时可能转化为割、刿、肆、耀这些坏的方面。而只有洞悉大"道"的圣人，才能以"道"自守，保持行为的正确而适中。

【译文】

国家政治宽和，人民就淳厚质朴；国家政治严苛，人民就狡黠诡诈。灾祸啊，幸福靠在它旁边；幸福啊，灾祸藏在它里面。谁知道它们的究竟？它们并没有一个定准。正常随时可能转变为反常，善良随时可能转变为邪恶，人们的迷惑，已经很久了！所以有"道"的圣人做事方正但不伤害人，有棱角但不会把人刺伤，直率却不至于放肆，明亮但却不刺眼。

《老子》第七十七章

天之道①**，其犹张弓与**②**！高者抑之，下者举之**③**；有余者损之，不足者补之**④**。天之道，损有余而补不足。人之道则不然，损不足以奉有余**⑤**。孰能有余以奉**⑥**天下？唯有道者。是以圣人为而不恃，功成而不处**⑦**，其不欲见贤**⑧**。

【注释】

①天之道：天指自然。道，指规则、规律。 ②其犹张弓与："其"，句中语气词，表示反问。"张弓"，安上弓弦或拉紧弓弦。 ③高者抑之，下者举

之:高,下,这里指指弦在弓上的位置。弦位高了,就把它压低一些。弦位低了,则向上移一些。 ④有余者损之,不足者补之:弦长有余则减去,弦短不足则增补。 ⑤人之道则不然,损不足以奉有余:人之道,指人类社会的现实规则。则不然,却不像这样。老子认为,自然法则体现出一种均衡、合理,而人类社会则恰恰相反,是减少不足的来补充有余的,是极不公平、极不合理的。 ⑥奉:供奉,供养。 ⑦处:自居,占有、享有。 ⑧其不欲见贤:"见",同"现",表现。"贤",有德行,多才能。

【译文】

自然的法则,难道不像在弓上拉弦吗?弦位高了就下移一些;弦位低了,就把它上移一点;弦长有多余的,就减短一点,不足的则拉长。自然的规则,是减少多余的,补充不足的。人类社会的现行法则,正好相反,它剥夺不足的,用来供奉有余的。谁能够把多余的拿来供给天下(不足的)?只有有"道"的人(才能如此)。因此有"道"的圣人有所作为却不炫耀自己的能力,有一定的成就却不居功自傲,他只是不愿意刻意表现自己的聪明才干。

《老子》第三十六章

将欲歙之,必固张之[①];将欲弱之,必固强之;将欲废之,必固兴之[②];将欲夺之,必固与之,是谓微明[③]。

柔弱胜刚强。鱼不可脱于渊[④],国之利器不可以示人[⑤]。

【注释】

①将欲歙(xī)之,必固张之:"歙",收敛,收拢的意思;"固",必然、一定。将要收拢的,必定先扩张。这个意思是说,在事物发展的过程中,张开往往是闭合的一种征兆或者说先期动作。 ②将欲废之,必固兴之:"废",废弃、废毁。"兴",兴起、兴举。 ③微明:一说微是幽微、幽隐的意思。明,明通、聪明。微明就是看不见的聪明,即深沉的聪明。一说明是征兆的意思,微明,就是幽微的征兆,今从后解。 ④鱼不可脱于渊:鱼儿不可脱离藏身的深渊。 ⑤国之利器不可以示人:"国之利器",指军事力量及权势、禁令等严厉的政治手段。"示",显示,此主要指耀示于人民。统治者用严刑峻法来制裁人民,就是用利器示人,就是"刚强"的表现;老子认为这种政治上的严苛是不会长久的。

【译文】

将要收拢的，必定先扩张；将要削弱的，必定先强盛；将要废弃的，必定先兴起；将要夺取的，必定先给予。这就叫做隐微的征兆。

柔弱胜过刚强。（正如）鱼儿必须隐藏在深渊之中，国家的权势禁令、军事力量不能随便耀示于百姓。

《老子》第十六章

致虚极，守静笃①，万物并作，吾以观复②。夫物芸芸③，各复归其根④。归根曰静⑤，是谓复命⑥。复命曰常⑦，知常曰明⑧，不知常，妄作凶。知常容⑨，容乃公⑩，公乃王⑪，王乃天，天乃道，道乃久，没身不殆。

【注释】

①致虚极，守静笃：使心灵达到虚静状态，守护内心的宁静。"虚""静"都是老子的修炼功夫，是一种没有心机和成见的境界，是消除了利欲的引诱和外界的纷扰的空明宁静的状态。　②万物并作，吾以观复：万物都在蓬勃生长，我因此观察到了循环往复的规律。　③芸芸：形容众多。　④各复归其根："根"，根本，指事物本来具有的性质。"复归其根"，回归本原，即返回自然的本性。　⑤归根曰静：归根则静。"静"，平静、不争、不乱。⑥静曰复命：静则复命。"命"，天所赋予的本性。　⑦常：指事物运动变化中不变的恒常准则。　⑧明：对事物变中之不变规则的认识，叫做"明"。⑨知常容："容"，包容、宽容。　⑩容乃公：公平。　⑪公乃王："王"，即天下归顺的意思。

【译文】

尽量使心灵达到一种虚寂状态，牢牢地保持这种宁静。万物都在蓬勃生长，我由此观察到了循环往复的规律。万物纷纷纭纭，（最终）各自又会返回到它的本根。回归本根而不争不乱，这叫做"静"；虚静是人们回复自然赋予的德性，这叫做"复命"；回归本性则能得事物之恒常法则，这叫做"常"；认识了事物的恒常法则叫做"明"。不了解"常"，轻举妄动就会出乱子。认识了"常"，才能无所不包；无所不包就能坦然公正；坦然公正才无不包括；无所不纳才能符合自然；符合自然，才能符合于道；符合于道，才能长久，这样终生都不会遭受危险。

延伸阅读

王弼，注《老子》的天才哲学家

王弼（226—249）字辅嗣，魏晋时期玄学家，曾对中国古代著作中最为难懂的《周易》和《老子》作注。王弼的注解对后世影响深远。

王弼出身官僚世家，其曾外祖父是东汉末年担任荆州牧的刘表。据史书记载，东汉末年大乱中，王弼的祖父王凯与其族弟王粲避乱荆州，依附刘表。刘表看重王粲的文才，想把自己的女儿嫁给他，但又嫌其形貌丑陋，而将女儿嫁给王凯。王凯生子王业，王业就是王弼的父亲。王粲死后，他的两个儿子因为牵涉进一起政治谋反事件而 7 均被杀害，王业成为王粲继嗣。王粲是著名文学家，“建安七子”之一，早年因其才气受到著名文学家、大学者蔡邕看重，蒙其赠送近万卷的家藏图书。这些书籍，因此悉归王业所有。大量的家藏书籍，为王弼的成长提供了极为有利的条件。

王弼不仅阅读广博，而且聪明过人，善于辨析明理。王弼在少年时即“好老氏，通辩能言”。据说他曾在一次名士的聚会上，自己先作为正方理论，一时众人都以为莫可辩驳；于是，王弼又自己变作反方，对前论进行反驳，大家又觉得的确如此，驳倒了之前的结论。就这样，王弼自为主客数番，一众名士为其辩论折服。

王弼学问早成，在年少时就为《老子》作注。当时的大学问家，正始玄学的领袖，比王弼年长近 40 岁的曹魏尚书何晏，为《老子》作注尚未完成，见了王弼的《老子》注释后，大为叹服，于是放弃了自己的注释《老子》的工作。

然而不幸的是，王弼英年早逝，死时年仅 24 岁。但其在短暂而有限的 24 个春秋中，为我国古代哲学思想的发展做出了重大的贡献，被后世誉为“天才的青年哲学家”。

问题与讨论

1. 老子为什么认为柔弱的一方能战胜强大的一方呢？这里面有什么奥妙和启示呢？

2. 老子体悟道的方法是“致虚极”“守静笃”，让人们内心平静，回归自己的本然状态。你认为这种方法对我们今天的修身养性有什么价值和意义？

第四节　老子的人生和社会政治哲学——自然无为、柔弱、虚静

《老子》第三十八章

上德不德，是以有德[①]；下德不失德，是以无德[②]。上德无为而无以为[③]，下德为之而有以为[④]。上仁为之而无以为，上义为之而有以为。上礼为之而莫之应，则攘臂而扔之[⑤]。故失道而后德，失德而后仁，失仁而后义，失义而后礼[⑥]。夫礼者，忠信之薄而乱之首[⑦]。前识者，道之华而愚之始[⑧]。是以大丈夫处其厚，不居其薄；处其实，不居其华。故去彼取此。

【注释】

①上德不德，是以有德：具有上等品德的人，不依仗自己有德，因此能够成就其纯正自然的德性。　②下德不失德，是以无德：下等品德的人自以为不会失去德，实际上并没有达到“德”的境界。上德是无心的流露，是与自然同一的品德；下德是有心的产物，是人为的品德，含有勉强的成分，易产生虚伪，所以老子称之为“无德”。　③上德无为而无以为：“以”，有心，故意。上德的人顺其自然而无心做作。　④下德为之而有以为：下德的人为了有所作为而有心做作。　⑤攘臂而扔之：“攘臂”，捋起衣袖，伸出胳膊，常形容激奋的样子。“扔”，牵引、拉。　⑥失道而后德：失掉了“道”而后才有“德”。以下几句与此相似。　⑦夫礼者，忠信之薄而乱之首：礼，是忠信的不足、祸乱的开端。　⑧前识者，道之华而愚之始：“前识者”，有先见和成规在心的人。“华”，虚华。

【译文】

具有上德的人不自恃有德，所以实际上是有德；下德的人刻意不失德，因此实际上是没有达到德。具有上德的人顺其自然而无心作为，具有下德的人为了有所作为而有心做作。具有上仁的人有所表现但出于无意，具有上义的人有所表现却出于有心。具有上礼的人有所作为却得不到回应，于是就伸出胳臂，强掣牵拽。所以，丧失了“道”而后才有“德”，丧失了“德”而后才有“仁”，丧失了“仁”而后才有“义”，丧失了“义”而后才

有“礼”。“礼”这个东西，意味着忠信的不足，是祸乱的开端。预先设计的种种社会规范，不过是道的虚华，是愚昧的开始。因此大丈夫立身敦厚，而不居于浅薄；存心笃实，而不居于虚华。所以要舍弃浅薄虚华的“礼”，采取厚实的“道”和“德”。

《老子》第四十四章

名与身孰亲①？身与货孰多②？得与亡孰病③？是故甚爱必大费④，多藏必厚亡⑤。知足不辱⑥，知止不殆⑦，可以长久。

【注释】

①名与身孰亲：“名”，声名，荣誉。“身”，身体，指生命。“亲”：亲切。 ②身与货孰多：“货”，财货、财产。“多”，重。 ③得与亡孰病：“得”，获得(名誉、财产)。亡，失去(生命)。“病”，弊，不利。 ④甚爱必大费：“甚爱”，过分怜惜、吝惜；“大费”，很大的破费、耗费。 ⑤多藏必厚亡：丰富的贮藏必定会招致惨重的损失。“厚”，形容损失的多和重。 ⑥知足不辱：知道满足，就不会遭受屈辱。 ⑦知止不殆：止，适可而止。殆，危险。

【译文】

名誉与生命，哪一个对自己更亲切？生命与财产，哪一个更贵重？追逐名利与失去生命，哪一个更有害？因此，过分吝惜必定招致更多的破费，丰厚的贮藏就会招致惨重的损失。所以，经常知足就不会遭受屈辱；知道适可而止，就不会遇到危险，这样才可以得以长久。

《老子》第四十八章

为学日益①，为道日损②。损之又损③，以至于无为，无为而无不为④。取⑤天下常以无事⑥，及其有事⑦，不足以取天下。

【注释】

①为学日益：“为学”，指对外在事物知识的追求。“日益”，(知识)一天比一天增加。 ②为道日损：“为道”，指领悟和体认作为事物未分化状态的“道”。“日损”，指外物对心灵的诱引一天比一天减少。老子认为，“求学”是追求外在的经验知识，“为道”是透过直观体悟以把握事物未分化的状态。这

种工夫做得愈深，内心私欲妄想的活动就愈少。除去私欲妄想，就可返璞归真、至于无为。 ③损之又损：(私欲妄见)减少再减少(最终达到返璞归真的“无为”状态)。 ④无为而无不为：不妄为，就没有什么事情做不成。 ⑤取：治理、掌握。 ⑥常以无事：“常”，经常；“以”，介词，用；“无事”，亦即清静无为。(治理天下)常常是用清静无为的方法。 ⑦有事：也就是有为，指政令措施繁多严苛。

【译文】

求学一天比一天增加（知识）；求道一天比一天减少（智巧）。减少了再减少，一直到“无为”的境地。如果能做到无为，那就没有一件事做不成的了。治理天下要常清静不纷扰。如果政令措施繁多严苛，就会难以治理天下。

《老子》第八十一章

信言不美①，美言不信；善者不辩②，辩者不善；知者不博③，博者不知。圣人不积④，既以为人己愈有⑤，既以与人己愈多。天之道，利而不害⑥。圣人之道，为而不争⑦。

【注释】

①信言不美：信言，诚实的话，真话。美，漂亮、华丽。诚实的言淡是不漂亮的。 ②善者不辩：善者，善良的人。“辩”，巧辩、雄辩。 ③知者不博：真正懂得(道)的人并不广博。 ④积：保留、积藏。 ⑤既以为人己愈有：尽全力帮助别人，自己反而更加充足。“有”，富有。 ⑥利而不害：利物而不害物。 ⑦为而不争：施为而不与人争夺。

【译文】

诚实的言谈不好听，好听的话语不诚实。善良的人不巧辩，巧辩的人不善良。真正懂得“道”的人并不广博，广博的人不能深入地懂得“道”。“圣人”不故意去积藏什么，他尽全力帮助别人，自己反而更充足；他把一切尽可能给与别人，自己反而更丰富。自然的法则，是使万物得利而不伤害万物；“圣人”的准则，是布施民众而不和别人争夺。

《老子》第六十四章

其安易持①，其未兆易谋②，其脆易泮③，其微易散。为之于未有，治之于未乱。合抱之木，生于毫末；九层之台，起于累土④；千里之行，始于足下。为者败之，执者失之⑤。是以圣人无为故无败，无执故无失。民之从事，常于几⑥成而败之。慎终如始，则无败事。是以圣人欲不欲，不贵难得之货。学不学，复众人之所过⑦。以辅万物之自然，而不敢为。

【注释】

①其安易持："安"，稳定、安定；"持"，维持，掌握。　②其未兆易谋："未兆"，没有迹象时、没有征兆时。"谋"：图谋、谋划。　③泮（pàn）：融解。④累土："累"，借为"蔂"。蔂，土筐，即盛土的筐子。累土，一筐筐的土。⑤为者败之，执者失之：（硬要去）做，一定会遭失败；（紧紧）抓住不放，就必将遭受损失。　⑥几：差不多。　⑦复众人之所过："复"，作返讲，从错误的道路上走回来。改正错误的意思。

【译文】

事物稳定时容易掌控局势，事物在还没有出现明显变化的迹象时容易谋划。事物脆弱时容易分解，事物还微小时，容易散失。要在事情还没有发生变化以前就做好准备，要在祸乱还没有产生以前就处理妥当。合抱的大树，是从瘦弱的小树生长起来的；九层的高台，是从一筐筐土开始堆积而成的；远行千里，是从脚下第一步开始的。强作妄为，就会失败；执著于所得到的东西，就会失去。因此有"道"的圣人不妄为，所以就没有失败；不抓着不放，所以没有损失。人们做事情，总是在接近成功的时候却失败了。（如果）在事情要终结的时候也能像事情开始时那样谨慎，就不会有失败的事情了。因此有"道"的圣人的欲望就是无欲，他不看重那些稀罕的财物；他的学习就是不刻意学什么；改正众人的错误，以辅助万物的自然发展而不加轻率干涉。

《老子》第五十七章

以正①治国，以奇②用兵，以无事取天下。吾何以知其然哉？以此。

天下多忌讳[③]，而民弥贫；民多利器，国家滋昏[④]；人多伎巧，奇物滋起[⑤]；法令滋彰[⑥]，盗贼多有。故圣人云，我无为而民自化[⑦]，我好静而民自正，我无事[⑧]而民自富，我无欲[⑨]而民自朴。

【注释】

①正：正常平易的方法。　②奇：出其不意的计谋。　③忌讳：禁令。　④民多利器：人间多有利器。利器，指军事力量及权势禁令等凶利的政治手段。　⑤人多伎巧，奇物滋起：伎巧，技巧智慧；奇物，邪恶的事。滋，更加、愈益。　⑥彰：明白。　⑦自化：自我化育，自然顺化。⑧无事：无所事事，此主要指不去搅扰、干涉百姓。　⑨无欲：不贪，没有贪欲。

【译文】

以清静无为的方略治国，以出奇诡异的计谋用兵，天下无为而治。我根据什么知道是这样的呢？根据下面这些：天下的禁忌越多，人民就越困穷；人间的武器越多，国家就越混乱；人民的智巧越多，邪恶的事情就层出不穷；法令越森严，盗贼反而更多。所以有"道"的圣人说："我无为，人民就自我化育；我好静，人民就自然端正；我不搅扰人民，人民就自然富裕；我不贪婪，人民就自然朴实。"

《老子》第十七章

太上[①]，下知有之[②]。其次，亲而誉之[③]。其次，畏之。其次，侮之[④]。信不足，焉有不信焉[⑤]。悠兮[⑥]其贵言[⑦]。功成事遂，百姓皆谓我自然[⑧]。

【注释】

①太上：最好的、至上的。这里指最好的统治者。　②下知有之：（人民）仅仅知道有统治者的存在。　③其次，亲而誉之：比这次一等的，（人民）亲近而且赞扬统治者。　④侮之：轻侮。　⑤信不足焉，有不信焉：（统治者的）诚信不足，才会有（老百姓）不信任他的事情。　⑥悠兮：悠闲的样子。　⑦贵言：以言为贵。意思是不轻易发号施令。　⑧自然：自己如此。

【译文】

最好的统治者，人民仅仅知道有他的存在；再差一等的统治者，人民亲近他；再差一等的，人民害怕他；更差一等的，人民轻侮他。统治者的诚信不足，人民才对他不信任。（最好的统治者）其实很悠闲，他不轻易发号施令。事情办成功了，百姓都说："我们本来就应该是这样的。"

延伸阅读

《老子》的出土

郭店楚简于1993年冬出土于湖北省荆门市郭店一号楚墓，虽数经盗扰，仍幸存有八百余枚。……这批竹简包含有多种古籍，其中两种是道家学派的著作，其余多为儒家学派的著作。

简本《老子》甲、乙、丙是迄今为止所见年代最早的《老子》传抄本。它的绝大部分文句与今本《老子》相近或相同，但不分德经和道经，而且章次与今本也不相对应。简本《老子》分见于今本《老子》的三十一章，其内容有的相当于今本全章，有的只相当于该章的一部或大部。简本现存2046字，约为今本的五分之二。

问题与讨论

1. 老子的人生观是不是消极的？

2. 你在学校有没有参加过辩论赛，你认为辩论的双方最后都说服了对方了吗？你对老子的"信言不美，美言不信。善者不辩，辩者不善。知者不博，博者不知"如何理解？

第二章　墨子

第一节　墨子及其学派

墨子，名翟。生于公元前 476 年左右，卒于公元前 390 年左右。鲁国人，一说宋国人。战国时期著名的思想家、教育家、军事家、社会活动家，墨家学派的创始人

墨子自认为“贱人”，具有多种生产技能。但是他早年受过良好的教育，对《诗》《书》等古代文化典籍都比较熟悉。墨子长期奔走于各诸侯国，宣传自己的社会政治主张，曾向各国统治者举荐自己的弟子出任官职，借以推行他的政治思想。墨子足迹踏遍齐、鲁、宋、卫、楚等国，晚年主要从事授徒讲学的活动。

在墨子及其学术的感召下，其身边聚集了一批弟子，形成为一个实力强大的学派，与儒学一起被誉为“当世之显学”。墨家学派的成员称为“墨者”，墨者内部组织严密，服从学派领袖“巨子”的领导，切实奉行“墨者之法”。战国中后期，“墨分为三”。到了秦汉之交，墨家学派中断消亡了。在历史上，通常把战国前期的墨家称之“前期墨家”，把之后的墨家称为“后期墨家”。

《墨子》一书，是墨家学派的著作总集。一般认为是由墨子的弟子及其后学在不同时期记述、编纂而成，反映了前期墨家和后期墨家的思想。全书现存 53 篇，可区分为三组。其中，《经上》《经下》《经说上》《经说下》《大取》和《小取》等 6 篇为一组，主要讨论逻辑和科学问题，属后期墨家的作品。《备城门》以下 11 篇为一组，主要是对墨家的防御技术和守城器械的记载和说明。其余 36 篇则具有较大的思想史、哲学史意义，其中《尚贤》《尚同》《兼爱》《非攻》《节用》《节葬》《天志》《明鬼》《非乐》《非命》等 24 篇尤为重要，是研究墨子哲学思想的主要依据。

今天我们阅读墨子比较好的整理注释文本有：

吴毓江（注）. 墨子校注. 北京：中华书局，2006 年.

第二节　兼爱

圣人以治天下为事[①]者也，必知乱之所自起，焉能治之；不知乱之所自起，则不能治。譬之如医之攻人之疾者然，必知疾之所自起，焉能攻之；不知疾之所自起，则弗能攻[②]。治乱者何独不然，必知乱之所自起，焉能治之；不知乱之所自起，则弗能治。

圣人以治天下为事者也，不可不察乱之所自起。当[③]察乱何自起？起不相爱。臣子之不孝君父，所谓乱也。子自爱不爱父，故亏[④]父而自利；弟自爱不爱兄，故亏兄而自利；臣自爱不爱君，故亏君而自利。此所谓乱也。虽父之不慈子[⑤]，兄之不慈弟，君之不慈臣，此亦天下之所谓乱也。父自爱也，不爱子，故亏子而自利；兄自爱也，不爱弟，故亏弟而自利；君自爱也，不爱臣，故亏臣而自利。是何也？皆起不相爱。虽至天下之为盗贼者，亦然。盗爱其室[⑥]，不爱异室，故窃异室以利其室；贼爱其身，不爱人[⑦]，故贼人以利其身。此何也？皆起不相爱。虽至大夫之相乱家、诸侯之相攻国者，亦然[⑧]。大夫各爱其家，不爱异家，故乱异家以利其家；诸侯各爱其国，不爱异国，故攻异国以利其国。天下之乱物，具此而已矣。

察此何自起？皆起不相爱。若使天下兼相爱，爱人若爱其身，犹有不孝者乎？视父兄与君若其身，恶施不孝？犹有不慈者乎？视子弟与臣若其身，恶施不慈？故不慈不孝亡[⑨]。犹有盗贼乎？视人之室若其室，谁窃？视人身若其身，谁贼？故盗贼有亡。犹有大夫之相乱家、诸侯之相攻国者乎？视人家若其家，谁乱？视人国若其国，谁攻？故大夫之相乱家、诸侯之相攻国者有亡。若使天下兼相爱，国与国不相攻，家与家不相乱，盗贼无有，君臣父子皆能孝慈，若此则天下治。

故圣人以治天下为事者，恶得不禁恶而劝爱。故天下兼相爱则治，交相恶则乱。故子墨子曰不可以不劝爱人者，此也。

【注释】

①事：事业，职事。　②攻：以药物治疗疾病。　③当：通“尝”。尝

试。　④亏：毁坏；损伤。　⑤虽：即使……也；纵使。慈：上爱下；父母爱子女。　⑥室：家产；家财。　⑦人：别人，他人。　⑧家：大夫统治的政治区域，即卿大夫或卿大夫的采地食邑。国：古代王、侯的封地。⑨亡：通“无”。

【译文】

圣人，是以治理天下为职事的人，必须知道动乱是从哪儿起的，才能对它进行治理。不知道动乱从哪儿起的，就不能进行治理。譬如医生给人治病一样，必须知道疾病产生的根源，才能进行医治。不知道疾病产生的根源，就不能进行医治。治理动乱又何尝不是这样，必须知道动乱产生的根源，才能进行治理。不知道动乱产生的根源，就不能治理。

圣人是以治理天下为职事的人，不可不察混乱所产生的根源。我曾经考察过混乱的根源，就是起于人与人不相爱。臣、子不孝敬君、父，这就是所谓乱。作儿子的爱自己而不爱父亲，因而损害父亲以自利；作弟弟的爱自己而不爱兄长，因而损害兄长以自利；作臣下的爱自己而不爱君上，因而损害君上以自利，这就是所谓混乱。（反过来看），父亲不慈爱儿子，兄长不慈爱弟弟，君上不慈爱臣下，这也是所谓天下混乱。父亲爱自己而不爱儿子，所以损害儿子以自利；兄长爱自己而不爱弟弟，所以损害弟弟以自利；君上爱自己而不爱臣下，所以损害臣下以自利。这是什么缘故呢？都是起于不相爱。即使是天底下做盗贼的人，也是这样。盗贼只爱自家，不爱别家，所以偷窃别家以自利；盗贼只爱自身，不爱人身，所以残害别人之身以利自身。这是什么缘故呢？都起于不相爱。推而至于大夫相互侵扰其家，诸侯相互攻伐其国，也是这样。大夫各自爱他自己的家，不爱别人的家，所以侵扰别人的家以利他自己的家；诸侯各自爱他自己的封国，不爱别人的封国，所以攻打别国以利本国。天下的乱事，不出这些罢了。

细察它们产生的根源，都起于不相爱。如果使天下人都能相亲相爱，爱别人就像爱自己一样，还能有不孝吗？把父亲、兄弟和君上看作和自己一样，怎么会做出不孝的事呢？还会有不慈爱的吗？把弟弟、儿子与臣下看作像自己一样，怎么会做出不慈的事呢？所以不孝不慈都没有了，还有盗贼吗？看待别人的家像自己的家一样，谁还会偷盗？看待别人就像自己一样，谁还会害人？所以盗贼没有了，还有大夫相互侵扰其家，诸侯相互攻伐其国吗？看待别人的家就像自己的家，谁还去侵犯？看待别人的封国就像自己的封国，谁还去攻伐？所以大夫相互侵扰其家，诸侯相互攻伐其国，这些混乱也都没有了。假使天下的人都相亲相爱，国家与国家不相互攻伐，与家族不相互侵扰，盗贼没有了，君臣父子间都能孝敬慈爱，像这样，天下也就太平了。

所以圣人既然把治理天下作为自己的职分，怎么能不禁止相互仇恨而鼓励相互亲爱呢？因此天下的人相亲相爱天下就会平治，相互憎恶则会天下混乱。所以墨子说："不可以不鼓励人们相爱。"道理就在于此。

子墨子言曰："仁人之所以为事者①，必兴天下之利，除去天下之害，以此为事者也。"然则天下之利何也？天下之害何也？子墨子言曰："今若国之与国之相攻，家之与家之相篡，人之与人之相贼，君臣不惠忠，父子不慈孝，兄弟不和调②，则此天下之害也。"

然则崇此害亦何用生哉③？以相爱生邪？子墨子言："以不相爱生。"今诸侯独知爱其国，不爱人之国，是以不惮举其国以攻人之国；今家主独知爱其家，而不爱人之家，是以不惮④举其家以篡人之家；今人独知爱其身，不爱人之身，是以不惮举其身以贼人之身。是故诸侯不相爱，则必野战⑤。家主不相爱，则必相篡。人与人不相爱，则必相贼。君臣不相爱，则不惠忠。父子不相爱，则不慈孝。兄弟不相爱，则不和调。天下之人皆不相爱，强必执弱，众必劫寡，富必侮贫，贵必敖贱，诈必欺愚⑥。凡天下祸篡怨恨，其所以起者，以不相爱生也。是以仁者非之。

既以⑦非之，何以易之？子墨子言曰："以兼相爱、交相利之法易之⑧。"然则兼相爱、交相利之法将奈何哉？子墨子言："视人之国，若视其国；视人之家，若视其家；视人之身，若视其身。是故诸侯相爱，则不野战。家主相爱，则不相篡。人与人相爱，则不相贼。君臣相爱则惠忠，父子相爱则慈孝，兄弟相爱则和调。天下之人皆相爱，强不执弱，众不劫寡，富不侮贫，贵不敖贱，诈不欺愚。凡天下祸篡怨恨可使毋起者，以相爱生也，是以仁者誉之。

然而今天下之士君子曰："然，乃若⑨兼则善矣。虽然，天下之难物于故也⑩。"子墨子言曰："天下之士君子，特不识其利、辩其故也⑪。今若夫攻城野战，杀身为名，此天下百姓之所皆难也。若君说之⑫，则

士众能为之。况于兼相爱、交相利，则与此异。夫爱人者，人必从而爱之；利人者，人必从而利之。恶人者，人必从而恶之；害人者，人必从而害之。此何难之有？特上弗以为政，士不以为行故也。”昔者晋文公好士之恶衣，故文公之臣，皆牂羊之裘，韦以带剑，练帛之冠⑬，人以见于君，出以践于朝。是其故何也？君说之，故臣为之也。昔者楚灵王好士细要⑭，故灵王之臣，皆以一饭为节，胁息然后带⑮，扶墙然后起。比期年，朝有黧黑⑯之色。是其故何也？君说之，故臣能之也。昔越王句践好士之勇，教驯其臣和合之⑰，焚舟失火，试其士曰：“越国之宝尽在此！”越王亲自鼓⑱其士而进之，其士闻鼓音，破碎乱行⑲、蹈火而死者，左右百人有余，越王击金而退之。是其故何也？君说之，故臣为之也。

是故子墨子言曰：“乃若夫少食、恶衣、杀身而为名，此天下百姓之所皆难也。若苟君说之，则众能为之。况兼相爱、交相利与此异矣！夫爱人者，人亦从而爱之。利人者，人亦从而利之。恶人者，人亦从而恶之。害人者，人亦从而害之。此何难之有焉？特上不以为政，而士不以为行故也。”

然而今天下之士君子曰：“然，乃若兼则善矣。虽然，不可行之物也，譬若挈太山越河济也⑳。”子墨子言：“是非其譬也。夫挈太山而越河济，可谓毕劫㉑有力矣。自古及今，未有能行之者也。况乎兼相爱、交相利则与此异，古者圣王行之。”

……

是故子墨子言曰：“今天下之君子，忠㉒实欲天下之富，而恶其贫；欲天下之治，而恶其乱，当兼相爱，交相利。此圣王之法，天下之治道也，不可不务为也。”

【注释】

①所以为事：行事的缘由、依据。　②篡：用强力夺取。贼：残害；伤害。君臣不惠忠：君不加惠于臣，臣不忠诚于君。和调：和睦。　③祟：当为“察”字之误。何用：犹“何由”。　④惮：怕。　⑤野战：在旷野交战。⑥执：控制。“敖”通“傲”，傲慢而轻视。　⑦以：通“已”，已经。　⑧兼

相爱:兼,同时具有或涉及几种事物或若干方面。兼相爱,主张要同等地去爱天下所有人。交相利:互相利益彼此。 ⑨乃若:至于。发语词。 ⑩难物于故:难物,难事。"于"为"迂"之假借字;"故":事,事情。"难物于故"即迂远难行之事。 ⑪特:但,只不过。辩:通"辨",辨别。指明了,了解。故:事理。 ⑫说:通"悦"。 ⑬牂(zāng)羊:母羊。韦:熟牛皮。带:佩带。练帛:大帛。谓粗疏之缯帛。 ⑭细要:细腰。 ⑮一饭为节:每日吃一顿饭,以为节制。胁息然后带:胁,通"翕",收缩。吐出气以紧缩腰腹再来束腰带。 ⑯黧黑:谓脸色黑。 ⑰教驯:教训。和合:集合。 ⑱鼓:击鼓。古时战争中击鼓表示前进。 ⑲破碎乱行(háng):"碎",通"萃"。聚集;行列。 ⑳太山:泰山。河济:黄河和济水。 ㉑毕劫:毕,全部使出。劫:当为"劼",勤勉用力。 ㉒忠:当作"中"。

【译文】

墨子说:"仁人所以要做事情,一定是为天下兴利除害,以此为目标。"既然如此,那么天下的利是什么,而天下的害又是什么呢?墨子说:"现在像国与国之间相互攻伐,家与家之间相互争夺,人与人之间相互残害,君无恩惠、臣不效忠,父不慈爱、子不孝敬,兄弟之间不和睦,这些就是天下之害。"

既然这样,那么考察这些公害是从何产生的呢?因为不相爱而产生的吗?墨子说:"是因为人不相爱产生的。"现在的诸侯只知道爱自己的国,不爱别国,所以不惜发动一国的力量,去攻伐别国。现在的家主只知道爱自己的家,而不爱别人的家族,因而不惜举用一家的力量,去掠夺别人的家。现在的人只知道爱自己的身体,而不爱别人的身体,因而不惜运用全身的力量去残害别人的身体。凡是诸侯不相爱,必定发生野战;家主不相爱,必定相互篡夺;人与人不相爱,必定相互残害;君臣不相爱,必然无惠忠;父子不相爱,必定无慈孝;兄弟不相爱,必然不和睦。天下的人都不相爱,强必凌弱,富必欺贫,贵必傲贱,诈必欺愚。举凡天下祸患、争夺、埋怨、仇恨之所以产生,都是由于不相爱。所以仁者认为这样不对。

既已认为不相爱不对,那么用什么去改变这种状况呢?墨子说道:"用人们相互亲爱、相互施惠的方法去改变它。"既然这样,那么人们普遍相爱、交互得利应该怎样做呢?墨子说道:"把别人国看做就像自己的国,把别人的家看做就像自己的家,把别人之身体看做就像自己的身体。"所以诸侯相爱,就不会发生野战;家主相爱,就不会发生争夺;人与人相爱就不会彼此残害；君臣相爱，必定上施惠而下效忠；父子相爱，必定父慈子孝；兄弟相爱，必定和睦融洽。天下的人都相爱，则强不凌弱，多不压少，富不侮贫，贵不傲贱，诈不欺愚。举凡天下的祸患、争夺、埋怨、仇恨都可以不使它发生，是因为相爱而达到的。所以仁者称扬它。

但是现在天下的士君子们说："不错。能够兼爱固然很好，但是，它是一件难办而又迂阔的事。"墨子说道："天下的士君子们，只是不能辨明兼爱的益处和兴作的起由罢了。现在比如攻城野战，为着名誉而牺牲生命，这是天下的百姓皆难以做到的事。但是假如君主喜欢，那么士众就会效仿。到了兼相爱、交相利这件事上，情况就不一样了？凡是爱别人的人，别人也反以爱他；有利于别人的人，别人也反以有利于他；憎恶别人的人，别人也会反过来憎恶他；损害别人的人，别人也会反过来损害他。实行这种兼爱有什么困难呢？只是由于居上位的人不把它施行于政事上，士人不把它实之于行的缘故。"从前晋文公喜欢人穿不好的衣服，于是他的臣下都穿母羊皮缝的裘，围着牛皮带来挂佩剑，头戴粗帛做的帽子，内以参见君上，出以立于朝廷。这是什么缘故呢？因为君主喜欢这样，所以臣下就能去做。从前楚灵王喜欢细腰之人，于是他的臣下就节食，每天只吃一顿饭，收气紧缩腰腹然后才系上腰带，扶着墙然后才站得起来。一年过去，朝廷之臣都饿得又黑又瘦。这是什么缘故呢？因为君主喜欢这样，所以臣子就能去做。从前越王句践喜爱人勇猛，习练他的臣下时，先把他们集合起来，（然后）放火烧船，告诉他们说："越国的财宝全在这船里。"越王亲自击鼓，令将士前进。将士听到鼓声，不顾秩序，争先蹈火而死的，达一百人有余。越王才鸣金让他们退下。这是什幺缘故呢？因为君主喜欢这样，所以臣子就能去做。

所以墨子说道："像少吃饭、穿恶衣、杀身成名，这些都是天下百姓难以做到的事。但是，假如君主喜欢它，那么士众就会效仿。何况兼相爱、交相利是与此根本不同的（好事）。爱别人的人，别人也会爱他；有利于别人的人，别人也会利他；憎恶别人的人，别人也会憎恶他；损害别人的人，别人也会损害他。这种兼爱有什么难做到的呢？只是居上位的人没有把它施之于政事，而士人没有用它实践于日常行动中的缘故。"

然而现在天下的士君子们说："对！能够兼爱固然很好。但是，这是行不通的事啊，就像要举起泰山越过黄河、济水一样。"墨子说道："这比方不当。举起泰山而越过黄河、济水，可以说是强而有力的了。自古及今，没有人能做得到。而兼相爱，交相利与此相比则是完全不同的（可行之事）。

古代的圣王曾经做到过。”

……

所以墨子说道：“如果天下的统治者，内心确实想使天下富足，而厌恶其贫穷；想使天下治理好，而厌恶其混乱，那就应当兼相爱、交相利。这是圣王的常法，天下的治道，不可不勉力去做。”

延伸阅读

墨学之根本观念——兼爱

墨学所标纲领，虽有十条，其实只从一个根本观念出来，就是兼爱。孟子说：“墨子兼爱，摩顶放踵利天下为之。”这两句话实可包括全部墨子。“非攻”是从兼爱衍出来的，最易明白，不用多说了。“节用”“节葬”“非乐”，也出于兼爱。因为墨子所谓爱是以实利为标准；他以为有一部分人奢侈快乐，便损了别部分人的利了；所以反对他。“天志”“明鬼”，是借宗教的迷信来推行兼爱主义。“非命”，因为人人信有命便不肯做事不肯爱人了；所以反对他。

墨子讲兼爱，常用“兼相爱交相利”六字连讲，必合起来，他的意思才明。兼相爱是理论，交相利是实行这理论的方法。兼相爱是托尔斯泰的利他主义，交相利是科尔璞特金的互助主义。试先述墨子兼爱的理论：

“圣人以治天下为事者也。不可不察乱之所自起。当察乱何自起？起不相爱。……子自爱不爱父，故亏父而自利。弟自爱不爱兄，故亏兄而自利。臣自爱不爱君，故亏君而自利。……虽父之不慈子，兄之不慈弟，君之不慈臣，……皆起不相爱。……盗爱其室不爱其异室，故窃异室以利其室。贼爱其身不爱人，故贼人以利其身。……大夫各爱其家不爱异家，故乱异家以利其家。诸侯各爱其国不爱异国，故攻异国以利其国。……”(《兼爱上》)

此言人类种种罪恶，都起于自私自利。但把自私自利的心去掉，则一切罪恶，自然消灭。然则怎么方法去掉这个利心呢？墨子说：

“凡天下祸篡怨恨，……以不相爱生也。是以仁者非之。既已非之，何以易之？……以兼相爱交相利之法易之。(《兼爱中》)”

“非人者必有以易之。若非人而无以易之，……其说将必无可焉。是故子墨子言曰：‘兼以易别’……吾本原兼之所生，天下之大利者也。吾本原别之所生，天下之大害者也。……以兼为正，是以聪耳明目，相与视听乎？是以股肱毕强，相为动宰乎？而有道肆相教诲。是以老而无妻子者，有所

以持养以终其寿，幼弱孤童之无父母者，有所放依以长其身。……”（《兼爱下》）

……

（节选自梁启超《墨子学案》第二章）

问题与讨论

1. 墨子认为天下混乱的根源在于人们不相互关爱，从而提出“兼相爱、交相利”的主张来对治。你认为墨子的“兼爱”主张有什么可取之处？同时它又有哪些弊端？

2. 你认为墨子“兼爱”与孔子的“爱有差等”有什么异同？二者立论的出发点各是什么？

第三节　非攻

今有一人，入人园圃，窃其桃李，众闻则非之[①]，上为政者得则罚之[②]。此何也？以[③]亏人自利也。至攘人犬豕鸡豚者[④]，其不义又甚入人园圃窃桃李。是何故也？以亏人愈多。其不仁兹[⑤]甚，罪益厚。至入人栏厩，取人马牛者，其不仁义又甚攘人犬豕鸡豚。此何故也？以其亏人愈多，苟亏人愈多，其不仁兹甚，罪益厚。至杀不辜[⑥]人也，扡[⑦]其衣裘，取戈剑者，其不义又甚入人栏厩，取人马牛。此何故也？以其亏人愈多，苟亏人愈多，其不仁兹甚矣，罪益厚。当此，天下之君子皆知而非之，谓之不义。今至大为攻国，则弗知非，从而誉之[⑧]，谓之义。此可谓知义与不义之别乎？

杀一人谓之不义，必有一死罪矣。若以此说往[⑨]，杀十人十重不义，必有十死罪矣。杀百人百重不义，必有百死罪矣。当此，天下之君子皆知而非之，谓之不义。今至大为不义攻国，则弗知而非，从而誉之，谓之义。情[⑩]不知其不义也，故书其言以遗后世。若知其不义也，夫奚说[⑪]书其不义以遗后世哉？

今有人于此，少见黑曰黑，多见黑曰白，则以此人为不知白黑之辩[⑫]矣。少尝苦曰苦，多尝苦曰甘，则必以此人为不知甘苦之辩矣。今小为非，则知而非之。大为非攻国，则不知而非，从而誉之，谓之义。

此可谓知义与不义之辩乎？是以知天下之君子也，辩义与不义之乱也。

【注释】

①非之："以之为非"，以为它不对、不义。 ②得：得知。 ③以：因为。 ④攘（rǎng）人犬豕（shǐ）鸡豚者：偷窃别人的狗猪鸡的人。攘，偷，盗窃。豕，猪。豚，小猪。 ⑤兹：同"滋"，更加。 ⑥不辜：无罪，这里指无罪之人。 ⑦扡：同"拖"，剥下来。 ⑧从而誉之：就（这件事情）来称赞他。 ⑨若以此说往：如果用这个说法类推下去。往，向前行。⑩情：实在。 ⑪奚说：怎样解说，有什么理由。 ⑫辩：同"辨"，分别。

【译文】

假如有一个人，进入人家果园，偷人家桃子、李子，众人听到就谴责他，上面执政的人抓到就要惩罚他。这为什么呢？因为他损人利己。至于偷人家鸡、狗和猪的，这比进入人家果园偷桃李更不义。这是什么原故呢？因为他过分损害别人。如果损害别人过分，那么他不仁愈甚，罪过越重。至于进入人家牲口棚，偷走人家马牛的，这又比偷人家鸡、狗和猪的更不义。这是什么缘故呢？因为他损害别人比上述行为更过分。如果损人利己越来越严重，那他就越是不仁，罪过越重。至于妄杀无辜之人，夺走他的皮衣、戈剑，这比进人家牲口棚偷走马牛又更不义。这是什么缘故呢？因为他损害别人极其严重。如果损人利己极其严重，那么他就越不仁，罪过越大。对此，天下的君子，都知道谴责，称它们为不义。现在在最大的进攻别国的事情上，却不知道谴责，反而称赞它为义举。这能算是明白义与不义的分别吗？

杀一个人，叫做不义，一定有一个死罪。假如按照这个说法类推下去，杀十个人，十倍的不义，必定有十重的死罪；杀一百个人，一百倍的不义，必定构成一百个死罪了。现在到了最大的进攻别国的事情上，却不知道反对，反而称赞它为义举。这是确实不知道进攻别国为不义，所以记载那些称赞攻伐的话而流传后世。如果知道它的不义，那还有什么理由记载不义的事来流传后世呢？

如果有人在这里，见一点黑说是黑，见一片黑却说是白，那么人们一定认为这人是不懂得辨别黑白了。尝一点苦说苦，尝多了苦却说是甜，那么一定认为这个人是不懂得辨别苦甜了。如果干小的坏事，能够知道而且谴责它的错误；干大的坏事，攻打别国，就不知道谴责其错误，反而称赞它为义举；这可说是懂得辨别义与不义吗？由此可知世上的君子，分辨义与不义是多么的混乱啊。

延伸阅读

墨子的科学

墨子是一个工人，一个技术家，一个社会活动家，经验丰富，“好学而博”，“务说万物之所以然”。所以他写下两篇《墨经》，“文字极简，但给当时有关社会和生产的重要知识，作了一个近乎全面的总结”（范文澜说）。现只就《墨经》有关科学论述中，选择心理学，物理学和形学三者，加以阐明。

墨子的心理学

（一）论心与物的关系，而物为本原。

“力，形之所以奋也。”

任何物体之所以运动，皆由于本身具有“力”。人的身体，不仅有力，而且有生。墨子就是以这种观点来阐明他的心理学。

《经》：“生，形与知处也。”

《说》：“生：盈之生，商；不可必也。”（盈，从吴钞本，“商”，据《释诂》“商”，常也。）

先解释《经》。生是生命，是指人生；形是形骸，即血气骨肉的躯体；知是“知材”之知，即知的能力或知觉。形骸与知能同处则为生。故曰，“生，形与知处也”。

再解释《说》。盈是“坚白盈于石”之盈；“之”犹则也；“常”是有常（相对固定性）。知觉盈于形骸则生，这是有常的，但不可必，因人有死。故曰，“盈之生，常；不可必也”。

这里值得注意的，即墨子规定“生”这一范畴，不提魂、魄不提鬼，不提灵魂不提神，而只是说“形骸与知觉同存则为生”。所以很难说它是二元论，更不可说荀子的“形具而神生”是唯物论，而墨子的“生，形与知处也”是唯心论。墨子以朴素实在论的观点，来说明“知存于形则生”之有常的关系，接着两条《经》文可以作证。

（二）论睡眠中的“知”的状态（潜在活动）。

《经》：“卧，知无知也。”

《说》："卧；"（有标牒字，无说明）。

"卧"，古籍通用寐，现代语叫作睡觉。上一知字即《经上》第三条"知，材也"之知，是能知。下一知字即第四条"知，接也"之知，是所知。当人们睡觉的时候，形骸的能知是存在着，不是不活动。但闭目塞听不与外物接触，是以无所知。故曰，"卧，知无知也"。这说明形骸在睡时之"知"的状态，是潜在的活动。

（三）梦的定义。

《经》："梦，卧而以为然也。"

《说》："梦……"（有标牒字，无说明）。

据《说文》，梦是寐而有觉。当人们在睡中所经历的现象，并非实在，但自以为实然。此即庄子所说"方其梦也，不知其梦也"。故曰，"梦，卧而以为然也"。这说明形骸在梦中之"知"的状态，是潜意识的活动。

墨子的物理学

《经下》说："衡而必正，说在得。"（衡原作天，据《说》校改）

《说》解释："衡：加重于其一傍，必捶，权重相若也。相衡则本短标长。两加焉，重相若，则标必下，标得权也。"（捶是重之繁体字）

衡是秤杆，权是秤锤。当称物时，秤锤与物重均等而生平衡，试加重于秤杆的左则左边下垂，加重于右则右边下垂。唯有两边都不变，则平正矣。故曰，"衡必正"。"说在得"者，得所衡的轻重也。

这条论杠杆之理，天平与秤皆杠杆之类。先以天平来看。天平的中柱为支点，其两边（杆臂）等长；一端盘中的砝码为力点，他端盘中物体为重点，加重于其一端，则这端必下垂。盖一端的权重与另一端的物重，两者相等，故一端加重，则下垂。故曰，"加重于其一旁，必捶，权重相若也"。再以秤来看，当用秤称物时，必立定提挈的支点，其短端为本，其长端为标。如果在秤杆平正之时，两端均加以相同的重量，则标必下垂。因标端较长且受权的重压。故曰，"相衡则本短而标长，两加焉，重相若，则标必下，标得权也"。

墨子的形学（几何学）

《经》："平，同高也。"

《说》：无。

平是水平，其高相等，相当于几何形之面。试悬一线垂直于一平面，线至面之任何点都一样高。故曰，“平，同高也”。由此可见，这是平面的定义，并不是指两物或两形之高度相等。

《经》：“圆，一中同长也。”

《说》：“圆：规写交也。”（交原作支，从孙治让校改）

圆面只有一心（一中），圆界距心皆等（同长），故曰，“圆，一中同长也”。这个圆的定义很正确，到现在还有其价值。《说》则指出作圆的方法：以规的一端定圆心，以另一端旋而画之，绕圆心一周，至相交处即成圆形。故曰，“圆，规写交也”。这种画圆的方法，直到现在还是一样。

（节选自詹剑峰《墨子的哲学与科学》第六章）

问题与讨论

1. 攻伐为最大的不义，而人们却称扬它为义举。墨子是如何通过类推的论证方法说明攻伐的不义的？

2. 你认为是发动战争的统治者不知道攻伐不义，还是他们知道不义却仍要行之？如果事实是后一种情况，墨子该怎么办呢？

第三章 庄子

第一节 庄子与《庄子》

庄子（约前369—前286）名周，宋国蒙（今河南商丘东北）人，战国中期的著名思想家，先秦道家学派继老子之后最重要的代表人物。他曾做过管理漆园的小吏。据《庄子》书载，传说楚王曾厚礼聘他为相，他却“终身不仕，以快吾志焉”。庄子与惠施是好朋友，但二人观点不同，经常辩难。虽与孟子生活在同一时代，但是《庄子》一书中几乎未提及过这位大思想家孟子。《庄子》书中较多提及的儒家人物是孔子和颜回。

《庄子》一书是庄子及其后学的作品总集。今本《庄子》33篇，其中内篇7篇，外篇15篇，杂篇11篇。学术界普遍认为内篇基本属于庄子本人的作品，但外篇和杂篇可能由庄子门徒及其后学所撰，并掺杂了儒家的部分思想。魏晋时代玄学（新道家）盛行，《老子》《庄子》与《周易》被合称为“三玄”，成为玄学家论议立说的主要文本依据。唐代，政府诏封庄子为南华真人，《庄子》被尊称为《南华真经》，成为道教主要经典之一。

《史记·老庄申韩列传》评价庄子：“其学无所不窥，然其要本归于老子之言。故其著书十余万言，大抵率寓言也。”庄子继承并发展了老子“道法自然”的观点，他认为人生的意义在于“体道”或“与道为一”。庄子的“道”作为万物的终极本源，世间的事物都是有限的、相对的。因此，他主张“莫若以明”“道通为一”，让人们不要计较对错、是非，抛弃自己的成见、偏见，与万物融为一体，来把握和体会“道”的最高境界。

阅读《庄子》一书，目前比较好的注释文本有：

（清）郭庆藩 撰 王孝鱼 点校. 庄子集释（全4册）. 北京：中华书局，2004年.

陈鼓应. 庄子今注今译（全3册）. 北京：中华书局，2001年.

崔大华. 庄子歧解. 郑州：中州古籍出版社，1988年.

第二节　狂人与狂言

庄子钓于濮水[1]，楚王使大夫二人往先焉[2]，曰："愿以境内累矣[3]！"

庄子持竿不顾，曰："吾闻楚有神龟，死已三千岁矣，王以巾笥而藏之[4]庙堂之上。此龟者，宁其死为留骨而贵乎？宁其生而曳尾于涂中乎[5]？"二大夫曰："宁生而曳尾涂中。"庄子曰："往矣，吾将曳尾于涂中。"

【注释】

①濮水：河流名，在今天山东省境内。　②往先焉：致意；介绍。③累：烦劳；托付。　④巾笥：布巾、竹箱。　⑤涂：泥，泥巴。

【译文】

庄子在濮水边垂钓，楚王派遣两位大臣前往致意，说："楚王愿将国内政事委托给你而劳累你了。"

庄子拿着钓竿，头也不回地说："我听说楚国有一神龟，已经死了三千年了，楚王用竹箱装着它，用巾饰覆盖着它，珍藏在宗庙里。这只神龟，是宁愿死去留下骨骸而显示尊贵呢，还是宁愿活着在泥水里拖着尾巴呢？"两位大臣说："宁愿拖着尾巴活在泥水里。"庄子说："你们走吧！我就要拖着尾巴生活在泥水里了。"

惠子相梁[1]，庄子往见之。或谓惠子曰："庄子来，欲代之相。"于是惠子恐，搜于国中三日三夜。

庄子往见之，曰："南方有鸟，其名为鹓鸰[2]，子知之乎？夫鹓鸰，发于南海而飞于北海，非梧桐不止，非练实不食[3]，非醴泉不饮[4]。于是鸱[5]得腐鼠，鹓鸰过之，仰而视之曰：'吓！'今子欲以子之梁国而吓我邪？"

【注释】

①相梁：做魏国的宰相。魏国都城"大梁"，故又称"梁"。　②鹓鸰

(yuān chú):古书上说的凤凰一类的鸟。　③练实:竹实。竹子所结的子实,形如小麦。也称竹米。　④醴泉:泉甘如醴,指甜美的泉水。　⑤鸱(chī):鹞鹰。

【译文】

惠子在梁国做宰相，庄子前往看望他。有人对惠子说：“庄子来梁国，是想取代你做宰相。”于是惠子恐慌起来，在都城内搜寻庄子，整整三天三夜。

庄子前往并与惠子见面，说：“南方有一种鸟，它的名字叫鹓鶵，你知道吗？鹓鶵从南海出发飞到北海，不是梧桐树它不会停息，不是竹子的果实它不会进食，不是甘美的泉水它不会饮用。正在这时一只鹞鹰寻觅到一只腐烂了的老鼠，鹓鶵刚巧从空中飞过，鹞鹰抬头看着鹓鶵，发出一声怒气：‘嚇’！如今你也想用你的梁国来怒斥我吗？”

庄子与惠子游于濠梁[①]之上。庄子曰:“鯈鱼出游从容[②],是鱼之乐也。”惠子曰:“子非鱼,安知鱼之乐?”庄子曰:“子非我,安知我不知鱼之乐?”惠子曰:“我非子,固不知子矣;子固非鱼也,子之不知鱼之乐,全矣。”庄子曰:“请循其本[③]。子曰‘汝安知鱼乐’云者,既已知吾知之而问我。我知之濠上也[④]。”

【注释】

①濠梁:“濠”,河流名。“梁”,桥。　②鯈鱼:“鯈”,通“鲦”。一种白色的小鱼。　③循其本:寻求其本源。这里指回到论辩的根本上来。　④我知之濠上:即“我知之于濠上”。

【译文】

庄子和惠子一道在濠水的桥上游玩。庄子说：“白鲦鱼游得多么悠闲自在，这就是鱼儿的快乐。”惠子说：“你不是鱼，怎么知道鱼的快乐？”庄子说：“你不是我，怎么知道我不知道鱼儿的快乐？”惠子说：“我不是你，固然不知道你；你也不是鱼，你不知道鱼的快乐，也是完全可以肯定的。”庄子说：“还是让我们顺着先前的话来说。你刚才所说的‘你怎么知道鱼的快乐’的话，就是已经知道了我知道鱼儿的快乐而问我，而我则是在濠水的桥上知道鱼儿快乐的。”

延伸阅读

庄子的“三言”

原文：

以卮言为曼衍，以重言为真，以寓言为广。(《天下篇》)

寓言十九，重言十七，卮言日出，和以天倪。寓言十九，藉外论之。亲父不为其子媒。亲父誉之，不若非其父者也；非吾罪也，人之罪也。与己同则应，不与己同则反；同于己者是之，异于己为非之。重言十七，所以已言也。是为耆艾。年先矣，而无经纬本末以期年耆者，是非先也。人而无以先人，无人道也；人而无人道，是之谓陈人。卮言日出，和以天倪，因以曼衍，所以穷年。不言则齐，齐与言不齐，言与齐不齐也，故曰言无言。言无言，终身言，未尝言；终身不言，未尝不言。(《寓言篇》)

解说：

所谓“寓言”，寓是寄托的意思，就是把自己的意思、主旨寄托在外在的人、事、物上表达，也就是“藉外论之”。“亲父不为其子媒”，因为他讲自己儿子的好话，别人一定以为是夸大其词，不可相信。所谓“重言”，即“为人所重者之言”，借重古圣时贤之口讲出自己想要说的话。所谓“卮言”，卮是装酒的容器。卮言有两种意思，一种是说形容无心而自然的流露，就好比酒满了，就会溢出来一样；一种是说像漏斗似的话，不断注入，不断漏斗，引申为无成见之言。

明清之际的著名哲学家王夫之曾把《寓言篇》和《天下篇》一起看做是《庄子》一书的序例，原因之一就在于《寓言篇》中的这段话讲出了庄子的思维表达方式，是阅读《庄子》的钥匙。

问题与讨论

1. 你认为庄子的人生态度和选择对你的生活有什么帮助？它对你而言有何意义？

2.庄子的“三言”和我们日常生活中所使用的语言有什么不同？你如何理解它？

第三节　逍遥游

北冥①有鱼，其名为鲲。鲲之大，不知其几千里也。化而为鸟，其名为鹏。鹏之背，不知其几千里也；怒②而飞，其翼若垂天之云。是鸟

也，海运[2]则将徙于南冥。南冥者，天池[4]也。

《齐谐》[5]者，志怪者也。《谐》之言曰："鹏之徙于南冥也，水击三千里，抟[6]扶摇[7]而上者九万里，去以六月息者也[8]。"野马也[9]，尘埃也[10]，生物之以息相吹也[11]。天之苍苍，其正色邪？其远而无所至极邪？其视下也，亦若是则已矣。

且夫水之积也不厚，则其负大舟也无力。覆杯水于坳堂之上[12]，则芥[13]为之舟；置杯焉则胶[14]，水浅而舟大也。风之积也不厚，则其负大翼也无力。故九万里，则风斯在下矣，而后乃今[15]培风[16]；背负青天而莫之夭阏[17]者，而后乃今将图南[18]。

蜩与学鸠[19]笑之曰："我决[20]起而飞，抢榆枋[21]，时则[22]不至而控[23]于地而已矣，奚以之九万里而南为[24]？"适莽苍[25]者，三飡而反[26]，腹犹果[27]然；适百里者，宿舂粮[28]；适千里者，三月聚粮。之二虫又何知！

小知不及大知[29]，小年不及大年[30]。奚以知其然也？朝菌不知晦朔[31]，蟪蛄不知春秋[32]，此小年也。楚之南有冥灵者[33]，以五百岁为春，五百岁为秋；上古有大椿者[34]，以八千岁为春，八千岁为秋，此大年也。而彭祖乃今以久特闻[35]，众人匹[36]之，不亦悲乎！

【注释】

①北冥："冥"通"溟"，海。"北冥"即北方的大海。 ②怒：同"努"，振奋的意思，这里指振动翅膀。 ③海运：海动，此时必伴以大风，大鹏借此大风飞向南海。 ④天池：天然的大池。 ⑤齐谐：一说为人名，亦说为书名，后者更为可取。 ⑥抟：一说"盘旋"，但与后面"扶摇"动宾不搭配。当作"搏"，拍击。 ⑦扶摇：旋转上升的风。 ⑧息：风。 ⑨野马：游气浮动于天地之间，状如野马奔驰。 ⑩尘埃：尘：指尘土。埃：指尘土中的细小颗粒。尘埃：即飞扬在空中的带有尘土颗粒的空气。 ⑪生物：活动之物。以息相吹：气息相互吹动。 ⑫覆杯水于坳(ào)堂之上：覆，倒。坳：洼坑。坳堂：也作堂坳，堂地上的洼坑。 ⑬芥：小草。 ⑭胶：粘着。 ⑮而后乃今："乃今而后"为倒文，这时，然后才。 ⑯培风："培"，同"凭"，凭借。"培风"，凭风，乘风。 ⑰夭阏(è)：即"夭遏"，阻止，阻拦。 ⑱图南：谋取飞向南方大海。 ⑲蜩(tiáo)：蝉。学，通"鸴"。学鸠：即鸴鸠，小鸠。 ⑳决(xuè)：迅疾貌。 ㉑抢(qiāng)榆枋："抢"，

撞，碰到。“榆枋”，枋树与榆树。 ㉒时则：时或。 ㉓控：投，跌落。㉔此句为嵌语式，将“奚为”拆开，在其中嵌上“以之九万里而南”表示发问，奚为：何为，为什么。 ㉕莽苍：指迷茫的郊野或原野。 ㉖三飡而反：“飡”，即餐。“反”：同返。 ㉗果然：饱的样子。 ㉘宿：过夜，指一夜。舂：在臼内件捣谷物。舂一宿之粮。 ㉙知(zhì)：通智。不及，不了解。㉚年：寿命。 ㉛朝菌：一种朝生暮死的虫子。晦：阴历每月末的一天；朔：阴历月初的一天。农历月末至月初。晦朔：指一个月的时光，也有说指一日——一天一夜的时光。 ㉜蟪蛄(huì gū)：寒蝉，春生夏死，夏生秋死。春秋，指一年。 ㉝冥灵：树名，又说指大龟名。 ㉞大椿：树名。㉟彭祖：上古有名的长寿者，传说活了七百或八百岁。特：独。闻：传布，传扬。 ㊱匹：比。

【译文】

北方的大海里有一种鱼，它的名字叫做鲲。鲲的体形巨大，不知道它的长有几千里；变而为鸟，它的名字就叫鹏。鹏的脊背宽阔，不知道它的宽有几千里；当它奋起而飞的时候，那展开的双翅就像天边的云。这只鹏鸟呀，海动风起时就迁往南方的大海。南方的大海，是个天然形成的大池。

《齐谐》是一部记载怪异之事的书，书上说：“当鹏鸟迁徙到南方的大海的时候，翅膀拍击水面激起了三千里的波涛，凭借盘旋而上的海风直上九万里的高空。它是乘着六月的大风而飞去的。”。春日林泽原野上蒸腾浮动犹如奔马的雾气，低空里沸沸扬扬的尘埃，都是大自然里各种生物的气息相互鼓荡所致。天之苍苍，那是它的本色吗？抑或它高旷辽远是没有穷极的吗？鹏鸟在高空往下看，也是这样的光景。

水汇积不深，那么它浮载大船就没有力量。倒一杯水在庭堂的低洼处，那么只可以放一根小草当做船；而放上一个杯子就胶着住了，因为水太浅而船太大了。风积聚得不够深厚，它托负巨大的翅膀便力量不够。所以，鹏鸟高飞九万里，那风就在它的身下，然后才乘风飞行，背负青天而没有什么力量能够阻遏它了，然后飞往南海。

蝉与学鸠讥笑大鹏说：“我尽全力而飞，碰着榆树和檀树的树枝就停下来，有时飞不上去而投落地面就是了，为什么要到九万里的高空而飞向南海呢？”到郊野去，带上三餐就可以往返，肚子还是饱饱的；到百里之外去，要用一整夜时间准备干粮；到千里之外去，三个月以前就要准备粮食。蝉与学鸠这两个小东西哪里懂得！

小聪明不能了解大智慧，寿命短的不能了解寿命长的。怎么知道是这样的呢？朝生暮死的虫子不会懂得什么是一个月的时光，夏生秋死的寒蝉也不会懂得什么是一年的时光，这就是“小年”。楚国南边有一只灵龟，它把五百年当做春，把五百年当做秋；上古有叫大椿的树，它把八千年当做春，把八千年当做秋，这就是“大年”。彭祖到如今还以年寿长久而闻名于世，人们与他匹比，岂不可悲吗？

汤之问棘也是已[1]。穷发之北有冥海者[2]，天池也。有鱼焉，其广数千里，未有知其修者[3]，其名曰鲲。有鸟焉，其名为鹏，背若太山[4]，翼若垂天之云；抟扶摇羊角[5]而上者九万里，绝云气[6]，负青天，然后图南，且适南冥也。斥鴳[7]笑之曰：“彼且奚适也？我腾跃而上，不过数仞[8]而下，翱翔蓬蒿之间，此亦飞之至[9]也。而彼且奚适也？”此小大之辩也[10]。

故夫知效一官[11]，行比一乡[12]，德合一君，而征一国者[13]，其自视也亦若此矣。而宋荣子犹然笑之[14]。且举世而誉之而不加劝[15]，举世而非之而不加沮[16]，定乎内外之分[17]，辩乎荣辱之境[18]，斯已矣。彼其于世未数数然[19]也。虽然，犹有未树[20]也。夫列子御风而行[21]，泠然善也[22]，旬有五日而后反[23]。彼于致福者[24]，未数数然也。此虽免乎行，犹有所待[25]者也。若夫乘天地之正[26]，而御六气之辩[27]，以游无穷者，彼且恶乎待哉[28]！故曰，至人无己[29]，神人无功[30]，圣人无名[31]。

【注释】

①汤：商汤。棘：汤时的贤大夫。已：矣。　②穷发：不长草木的地方。
③修：长。　④太山：大山。一说即泰山。
⑤羊角：旋风，回旋向上如羊角状。
⑥绝：穿越。　⑦斥鴳(yàn)：一种小鸟。　⑧仞：古代长度单位，周制为八尺，汉制为七尺；这里应从周制。　⑨至：极点。　⑩辩：通作“辨”，

辨别、区分的意思。 ⑪效：功效，这里含有胜任的意思。官：官职。 ⑫行：品行。比：通“庀”。治理。 ⑬而：表示承接的连词，一说通作“能”，能力。征：取信。 ⑭宋荣子：一名宋钘，宋国人，战国时期的思想家。犹然：喜笑的样子。 ⑮加：表示程度，相当于“更加”，“愈加”；劝：劝勉，努力。 ⑯非：责难，批评。沮(jǔ)：沮丧。 ⑰内外：这里分别指自身和身外之物。在庄子看来，自主的精神是内在的，荣誉和非难都是外在的，而只有自主的精神才是重要的、可贵的。 ⑱境：界限、边界。 ⑲数数(shuò)然：急急忙忙的样子。 ⑳树：树立，建立。 ㉑列子：郑国人，名叫列御寇，战国时代思想家。御：驾驭。 ㉒泠(líng)然：轻妙的样子。 ㉓旬：十天。有：又。 ㉔致：招致，这里有寻求的意思。 ㉕待：凭借，依靠。 ㉖乘：遵循，凭借。天地：这里指万物，指整个自然界。正：本；这里指自然的本性。 ㉗御：使用；应用。六气：指阴、阳、风、雨、晦、明。辩：通作“变”，变化的意思。 ㉘恶(wū)：何，什么。 ㉙至人：这里指修养境界达到极致的人。无己：泯灭外物与自我的界限，达到忘掉自己的境界。 ㉚神人：这里指修养境界超出众人而神妙莫测的人。无功：不建树功业。 ㉛圣人：这里指人生修养臻于完美的人。无名：不追求名誉地位。

【译文】

汤也是这样问棘的：“在那草木不生的北方，有一个广漠无涯的大海，那是天然的大池。那里有一种鱼，它的脊背宽有好几千里，没有人能够知道它有多长，它的名字叫做鲲。有一种鸟，它的名字叫做鹏，它的脊背像座大山，展开双翅就像天边的云。鹏鸟（奋起而飞），翅膀拍击急速旋转向上的气流直冲九万里高空，穿过云气，背负青天，然后向南飞翔，打算去往南方的大海。斥鴳讥笑它说：‘它打算飞到哪儿去？我奋力腾跃而上，不过几丈高就落了下来，盘旋于蓬蒿丛中，这也算是尽了飞翔的能事了。而它究竟要飞到哪里去呢？’”这就是小与大的分别。

所以，那些才智足以担任一个官职，行为可以顺着一乡的俗情，德性可以投合一君的心意而取得一国信任的人，他们自鸣得意也像是这样哩。而宋荣子不禁嗤笑他们。整个世界都赞誉他，他不会因此更加努力；世上人们都非难他，他也不会因此而感到沮丧。他清楚地知道自身与外物的区别，辨别荣誉与耻辱的界限，不过如此而已嘛！他对世俗的声誉并没有刻意努力去追求。虽然这样，他还是没有达到最高的境界。列子能乘风而行，他的样子确实轻盈美妙，过了十五天后才返回。列子对于求福的事情，也并没有刻意努力去追求。这样虽然不用步行，可他还是有所依待和凭借的。至于遵循宇宙万物的规律，而把握六气的变化，以遨游于无穷的境域，他还要仰赖什么呢！因此说，“至人”能够达到忘我的境界，“神人”心中没有功名和事业，“圣人”从不去追求名誉和地位。

尧让天下于许由[1]，曰：“日月出矣，而爝火不息[2]，其于光也，不亦难乎！时雨降矣[3]，而犹浸灌[4]，其于泽也[5]，不亦劳乎[6]！夫子立，而天下治[7]，而我犹尸之[8]，吾自视缺然[9]，请致天下[10]。”许由曰：“子治天下，天下既已治也。而我犹代子，吾将为名乎？名者，实之宾也[11]。吾将为宾乎？鹪鹩巢于深林[12]，不过一枝；偃鼠饮河[13]，不过满腹。归休乎君[14]，予无所用天下为[15]！庖人虽不治庖[16]，尸祝不越樽俎而代之矣[17]。”

肩吾问于连叔曰[18]：“吾闻言于接舆[19]，大而无当[20]，往而不返。吾惊怖其言。犹河汉而无极也[21]；大有迳庭[22]，不近人情焉[23]。”连叔曰：“其言谓何哉？”“曰：‘藐姑射之山[24]，有神人居焉，肌肤若冰雪，淖约若处子[25]，不食五谷，吸风饮露。乘云气，御飞龙，而游乎四海之外。其神凝[26]，使物不疵疠而年谷熟[27]。’吾以是狂而不信也[28]。”连叔曰：“然。瞽者无以与乎文章之观[29]，聋者无以与乎钟鼓之声。岂唯形骸有聋盲哉？夫知亦有之。是其言也，犹时女也[30]。之人也，之德也，将旁礴万物以为一[31]，世蕲乎乱[32]，孰弊弊焉以天下为事[33]！之人也，物莫之伤，大浸稽天而不溺[34]，大旱金石流、土山焦而不热。是其尘垢秕穅，将犹陶铸尧舜者也[35]，孰肯以物为事！”

宋人资章甫而适诸越[36]，越人断发文身[37]，无所用之。尧治天下之民，平海内之政，往见四子藐姑射之山，汾水之阳[38]，窅然丧其天下焉[39]。

【注释】

①尧：我国历史上传说时代的圣明君主。许由：古代传说中的高士，字仲武，隐于箕山。　②爝(jué)火：炬火，木材上蘸上油脂燃起的火把。　③时雨：按时令季节及时降下的雨。　④浸灌：灌溉。　⑤泽：润泽。　⑥劳：这里含有徒劳的意思。　⑦立：“位”，在位。　⑧尸：庙中的神主，这里用其空居其位，虚有其名之义。　⑨缺然：不足的样子。　⑩致：给与。　⑪宾：本义为宾客，与主人相对，此处引申为处于次要的、派生地位

的东西。 ⑫鹪鹩(jiāoliáo):一种善于筑巢的小鸟,俗称巧妇鸟。 ⑬偃鼠:鼹鼠。 ⑭休:止,这里是算了的意思。 ⑮为:句末疑问语气词。 ⑯庖人:厨师。治庖:办理、从事烹调之事。 ⑰尸祝:祭祀时主持祭祀的人。樽:酒器。俎:盛肉的器皿。“樽俎”这里代指各种厨事。成语“越俎代庖”出于此。 ⑱肩吾、连叔:旧说皆为有道之人,实是庄子为表达的需要而虚构的人物,不必追究历史上是否实有其人。 ⑲接舆:楚国的隐士,姓陆名通,接舆为字。 ⑳当(dàng):适合;符合。 ㉑河汉:银河。极:边际,尽头。 ㉒迳:门外的小路。庭:堂外之地。“迳庭”连用,这里喻指差异很大。成语“大相迳庭”出于此。 ㉓不近人情:不符世情,非世俗所能有。 ㉔藐(miǎo):遥远的样子。姑射(yè):传说中的山名。 ㉕淖(chuò)约:柔弱、美好的样子。处子:处女。 ㉖神凝:精神专注。 ㉗疵疠(lì):灾害疫病。 ㉘以:认为。狂:通作“诳”,虚妄之言。信:真实可靠。 ㉙瞽(gǔ):盲。文章:花纹、色彩。 ㉚时:同“是”。女:同“汝”,你。 ㉛旁礴:磅礴,混同的样子。 ㉜蕲(qí):祈,求的意思。乱:指世人争功求名,勾心斗角而产生昏乱。 ㉝弊弊焉:忙忙碌碌、疲惫不堪的样子。 ㉞大浸:大水。稽:至,到。 ㉟秕:瘪谷。糠:“糠”字之异体。陶:用土烧制瓦器。铸:熔炼金属铸造器物。 ㊱资:贩卖。章甫:古代殷地人的一种礼帽。适:往。诸越:同“於越”,春秋时越国,地在今浙江省一带。 ㊲断发:不蓄头发。文身:在身上刺满花纹。越国处南方,习俗与中原的宋国不同。 ㊳四子:旧注指王倪、啮缺、被衣、许由四人,庄子寓言中的人物。汾水:出太原,在今山西境内。阳:山的南面或水流的北面。 ㊴窅(yǎo)然:指幽深遥远的样子。丧:丧失、忘掉。

【译文】

尧打算把天下让给许由,说:“太阳和月亮都已出来了,可是小小的炬火还不熄灭;它要跟太阳和月亮比谁的光更亮,不是很难吗?雨水及时降落了,可是还在浇水灌地,对于润泽禾苗,不显得徒劳吗?先生如能居于国君之位天下一定会获得大治,可是我还占着这个位置,自己感觉很惭愧,请允许我把天下让给你。”许由回答说:“你治理天下,天下已经获得了大治,而我还要来代替你,我为了名声吗?‘名’是‘实’所派生出来的次要东西,我会去追求这不重要的东西吗?鹪鹩在森林中筑巢,所需的东西不过一根树枝;鼹鼠到河边饮水,不过喝满肚子。你请回吧,我要天下做什么呢?厨师即使不下厨,主祭的人也不越位代替他烹调!”

肩吾问连叔说："我听到接舆的谈话，大而无当，一说不回头。我十分惊骇他的言谈，好像天上的银河一般漫无边际，高深莫测，不合世情。"连叔问："他说的是些什么呢？"肩吾转述道："在遥远的姑射山上，住着一位神人，皮肤像冰雪一般洁白，体态如处女一般柔美，不食五谷，吸风饮露，乘云气驾飞龙，遨游于四海之外。他的精神凝聚，使得世间万物不受病害，五谷丰登。我认为这全是虚妄之言，一点也不可信。"连叔听后说："是呀！瞎子没法欣赏花纹和色彩，聋子没法聆听钟鼓的乐声。岂只是形骸上有聋与瞎吗？心智也有聋和瞎啊！这话似乎就是说你肩吾的呀。那位神人，他的德行，在于和万物浑同而为一，人世喜纷扰，他怎肯把忙忙碌碌地管理天下当成回事！那样的人呀，外物没有什么能伤害他，大水滔天也不能淹没他，大旱使金石熔化、土山焦裂，他也不感到灼热。他的尘垢秕糠，也可造就出尧舜那样的圣君来，他怎肯纷纷扰扰以俗事为务呢？"

北方的宋国有人贩卖帽子到南方的越国，越人不蓄头发，身刺花纹，没什么地方用得着帽子。尧治理天下的百姓，安定海内的政事，来到姑射山上、汾水北面，去拜见四位得道的高士，不禁茫然忘其身居天下之位。

延伸阅读

闻一多谈庄子

如果你要的是纯粹的文学，在庄子那素净的说理文的背景上，也有着你看不完的花团锦簇的点缀——断素，零纨，珠光，剑气，鸟语，花香——诗，赋，传奇，小说，种种的原料，尽够你欣赏的，采撷的。这可以证明如果庄子高兴做一个通常所谓的文学家，他不是不能。

他是一个抒情的天才。宋祁、刘辰翁、杨慎等极欣赏的

送君者皆自厓而返，君自此远矣！

果然是读了"令人萧寥有遗世之意"。《则阳篇》也有一段极有情致的文字：

"旧国旧都，望之畅然。虽使丘陵草木之缗，入之者十九，犹之畅然，况见见闻闻者也？以十仞之台悬众间者也？"

明人吴世尚曰："《易》之妙妙于象，《诗》之妙妙于情；《老》之妙得于《易》，《庄子》妙得于《诗》。"这里果然是一首妙绝的诗——外形同本质都是诗：

"天其运乎？地其处乎？日月其争于所乎？孰主张是？孰维纲是？孰居

无事推而行是？意者其有机缄而不得已邪？意者其运转而不能自止邪？云者为雨乎？雨者为云乎？孰隆施是？孰居无事淫乐而劝是？风起北方？一西一东，有上彷徨——孰嘘吸是？孰居无事而披拂是？”

这比屈原的《天向》何如？欧阳修说：“参差奇诡而近于物情，兴者比者俱不能得其仿佛也。”只讲对了作者的一种“不战不许持寸铁”的妙技，至于他那越世高谈的神理，后世除了李白，谁追上他的踪尘？李白仿这意思作了一首《日出入行》，我们也录来看看：

“日出东方隈，似从地底来，历天又入海，六龙所舍安在哉？其始与终古不息，人非元气安得与之久徘徊！草不谢荣于春风，木不怨落于秋天。谁挥鞭策驱四运？万物兴歇皆自然。……”

……

庄子又是一位写生的妙手。他的观察力往往胜过旁人百倍，正如刘辰翁所谓“不随人观物，故自有见”。他知道真人“凄然似秋、暖然似春”，或则“尸居而龙见，渊默而雷声”。他知道“生物之以息相吹”；他形容马“喜则交颈相靡，怒则分背相踶”；又看见“泽雉十步一啄，百步一饮”。他又知道“槐之生也，入季春五日而兔目，十日而鼠耳。更旬而始规，二旬而叶成”。一部《庄子》中，这类的零星的珍玩，搜罗不尽。可是能刻画具型的物体，还不算一回事，风是一件不容易描写的东西，你看《齐物论》里有一段奇文：

“夫大块噫气，其名为风，是唯无作，作则万窍怒号。而独不闻之翏翏乎？山林之畏佳，大木百围之窍穴，似鼻，似口，似耳，似枅，似圈，似臼，似洼者，似污者；激者，謞者，叱者，吸者，叫者，譹者，宎者，咬者，前者唱于而随者唱喁，泠风则小和，飘风则大和，厉风济，则众窍为虚，而独不见之调调之刁刁乎？”

注意那写的是风的自身，不像著名的宋玉的《风赋》只写了风的表象。

问题与讨论

1. 我们的见识是否也像《逍遥游》中的蜩与学鸠那样有局限性，自己却没有意识到呢？我们是否也曾站在自己的立场上，嘲笑过别人的某种追求和行为呢？

2. 事物有本身的天然状态和外在的利用价值之分别，我们是否常常只看到事物的外在利价值，而忽视了事物的本来状态呢？

第四节　齐物论

南郭子綦隐机而坐[1]，仰天而嘘[2]，荅焉似丧其耦[3]。颜成子游立侍乎前[4]，曰："何居乎[5]？形固可使如槁木[6]，而心固可使如死灰乎[7]？今之隐机者，非昔之隐机者也[8]。"子綦曰："偃，不亦善乎，而问之也[9]！今者吾丧我，汝知之乎？女闻人籁而未闻地籁，女闻地籁而未闻天籁夫[10]！"子游曰："敢问其方[11]。"子綦曰："夫大块噫气[12]，其名为风。是唯无作[13]，作则万窍怒呺[14]，而独不闻之翏翏乎[15]？山林之畏佳[16]，大木百围之窍穴，似鼻，似口，似耳，似枅[17]，似圈，似臼，似洼者，似污者[18]；激者[19]，謞者[20]，叱者，吸者，叫者，譹者[21]，宎者[22]，咬者[23]，前者唱于而随者唱喁[24]。泠风则小和[25]，飘风则大和，厉风济则众窍为虚[26]。而独不见之调调之刁刁乎[27]？"子游曰："地籁则众窍是已[28]，人籁则比竹是已[29]，敢问天籁。"子綦曰："夫吹万不同[30]，而使其自己也，咸其自取[31]，怒者其谁邪[32]！"

【注释】

①南郭子綦(qí)：楚人，居住南郭，故名南郭子綦。疑为《庄子》中寓托的高士，而非历史人物。隐：凭倚。机：亦作几，案几。　②嘘：吐气。　③荅(tà)焉：亦作"嗒焉"，离形去智的样子、相忘貌。耦：匹对。　④颜成子游：子綦的学生，复姓颜成，名偃，子游为字，故名颜成子游。　⑤何居(jī)乎：居，表疑问的语气词。　⑥固：诚然。槁：干枯。　⑦心：思想，精神。固：岂，难道。　⑧今之隐机者，非昔之隐机者也：意思是南郭子綦今日隐机入神与旧时大不一样。　⑨而：你，人称代词。"不亦善乎，而问之也"乃是"尔问之不亦善乎"之倒置。　⑩籁(lài)：箫，古代的一种管状乐器，这里泛指从孔穴里发出的声响。"人籁"即人吹各种箫管发出的声音。"地籁"即风吹大地各种窍穴发出的声音。　⑪敢：表示谦敬的副词，含有"冒昧地""斗胆地"的意思。方：道术，指所言"地籁""天籁"的真实含意。　⑫大块：大地。噫(yì)气：吐气出声。　⑬是：此，这里指风。唯：句中语气词，含有仅此的意思。作：兴起。　⑭窍：孔穴。呺(háo)：古通"号"，吼。　⑮翏翏(liù)：远远袭来的风声。　⑯林：通作"陵"，大山。畏佳(cuī)：即嵬

崔，山陵高峻的样子。 ⑰枅(jī):柱头横木。 ⑱污:浊水池。一说小水坑。 ⑲激:水流湍急的声音。 ⑳謞(xiào):这里用来形容箭头飞去的声响。 ㉑譹(háo):嚎哭声。 ㉒宎(yǎo):风吹入深谷发出深而沉的声音。 ㉓咬(jiāo):鸟鸣叫的声音。一说哀切声。 ㉔于、喁(yú):风吹树动前后相和的声音。 ㉕泠(líng)风:小风，清风。 ㉖厉风:迅猛的暴风。济:止。 ㉗调调、刁刁:风吹草木晃动摇曳的样子。"刁刁"亦作"刀刀"。"调调"，树枝大动;"刁刁"，树叶微动。 ㉘是:这样。已:矣。 ㉙比:并合。竹:这里指不同形状长短的竹管并合在一起而制成的箫管之类的乐器。 ㉚吹万不同:风所吹发出的声音多种多样，各不相同。 ㉛使其自已也，咸其自取:意思是使它们自身发出各种各样的声音，乃是各种孔窍的自然状态所致。咸:全。 ㉜怒:这里是发动的意思。

【译文】

南郭子綦靠着几案而坐，仰首向天缓缓地吐着气，似乎忘掉了身外的事物。颜成子游侍立在跟前说道："这是什么原因呢？形体固然可以使它像枯木，心灵难道也可以使它像死灰那样吗？你今天凭几而坐，跟往昔凭几而坐的情景大不一样呢。"子綦回答说："偃，你问得正好？今天我忘掉了自己，你知道吗？你听说过'人籁'却没有听说过'地籁'，你即使听说过'地籁'却没有听说过'天籁'吧！"子游问："请问它们的真实含意？"子綦说："大地发出的气，名字叫风。风不发作则已，一旦发作整个大地上数不清的窍孔都怒吼起来。你难道没有听过长风呼啸的声音吗？山陵上高下盘回的各种去处，百围大树上的窍孔，有的像鼻子，有的像嘴巴，有的像耳朵，有的像柱上的方孔，有的像杯圈，有的像舂臼，有的像深池，有的像浅洼。它们发出的声音，有的像湍急的流水声，有的像迅疾的箭镞声，有的像大声的呵叱声，有的像细细的呼吸声，有的像放声叫喊，有的像嚎啕大哭，有的像深谷发出的声音，有的像哀切感叹的声音。前面的风声在呜呜唱着，后面在呼呼地和着。清风徐徐就有小小的和声，大风呼呼便有大的反响。大风吹过去了，万般窍穴复归空寂无声。你难道不曾看见风儿过去草木还在摇摇曳曳地摆动吗？"子游说："地籁是从万种窍穴里发出的风声，人籁则是从各种不同的箫管里吹出的乐声。请问天籁呢？"子綦说："所谓天籁是风声吹各种各样的窍孔而发出千差万别的声音，这些声音之所以万般不同，是由于窍孔本身的自然状态而致，除了它们自己还会有什么会使得它们发出声音呢？"

非彼无我[1]，非我无所取[2]。是亦近矣，而不知其所为使[3]。若有真宰[4]，而特不得其眹[5]，可行已信，而不见其形，有情而无形[6]。

百骸、九窍、六藏[7]，赅而存焉，吾谁与为亲[8]？汝皆说之乎？其有私焉[9]？如是皆有为臣妾乎[10]？其臣妾不足以相治乎？其递相为君臣乎？其有真君存焉[11]？如求得其情与不得[12]，无益损乎其真。

一受其成形，不亡以待尽[13]。与物相刃相靡[14]，其行尽如驰[15]，而莫之能止，不亦悲乎！终身役役而不见其成功[16]，苶然疲役而不知其所归[17]，可不哀邪！人谓之不死，奚益！其形化，其心与之然，可不谓大哀乎？人之生也，固若是芒乎[18]？其我独芒，而人亦有不芒者乎？

【注释】

①非彼无我："彼"就字面上讲指"我"的对立面，也可以理解为非我的大自然，甚至包括上述各种情态。　②取：资证，呈现。　③近：浅近，容易理解和明白的，指"非彼无我，非我无所取"所讲的内容。所为使：为……所驱使。　④宰：主宰。"真宰"，即真心，亦即真我。　⑤特：只，仅，不过。眹(zhèn)：征兆迹象。　⑥可行已信：可通过实践来验证。有情而无形：有真实存在而不见其形。　⑦百骸："百"，概数，言其多，非确指；"骸"，骨节。九窍：人体上九个可以向外张开的孔穴。六藏：人的六种内脏。　⑧赅：齐备。谁与：与谁。　⑨说(yuè)：喜悦，后作"悦"。私：偏私，偏爱。⑩臣妾：古时对奴隶的称谓。男曰臣，女曰妾。这里指处于从属地位的人。⑪真君："真君"即"真我""真心"，同"真宰"。　⑫情：究竟，真实情况。⑬一：一旦。"亡"，为"化"字之讹，变化的意思。尽：消灭；消失。　⑭刃：刀口。靡：通"磨"。　⑮行尽如驰："尽"当作"进"。"驰"：迅疾奔跑。⑯役役：相当于"役于役"。意思是为事物所役使。　⑰苶(nié)然：疲倦的样子。疲役：犹言疲于役，为役使所疲顿。　⑱芒：通"茫"，模糊不清。

【译文】

没有它（这些情态）就没有我，没有我它就无从呈现。这种说法也有点道理，但却不知道是什么东西造成的。仿佛有"真宰"，却又寻不着它的端倪；可通过实践来验证，然而却看不见它的形体，它是真实的存在而没有具体的形态。

百骸，九窍和六脏，全都齐备地存在于我的身体之中，我和哪个最亲近呢？你对它们都同样地喜欢吗？还是有所偏爱呢？如果这样的话，岂不是都把它们当成臣妾似的仆属了吗？它们是臣妾就不能相互支配吗？还是让它们轮流做君臣呢？或者果真有什么“真君”存在于它们之中？无论能否得知“真君”的实情，都不会对它有什么增益和损减。

人一旦禀承天地之气而形成形体，不参与变化而等待最后的消亡。他们跟外界环境相互摩擦、接受，驰骋追逐于其中，没有什么力量能使他们停下脚步，这不是很可悲吗？他们终身承受着心灵被役使的不自由，却看不到自己的成功，一辈子困顿疲劳却不知道自己的归宿，这不是很可悲吗？这样的人生，虽然还没死，但还有什么意思呢？人的身体逐渐衰竭，人的心灵也跟着一块儿衰竭，这难道不是莫大的悲哀吗？人生在世，是否本来就像这样模糊不清呢？还是难道只有我才是这样的呢，而别人也有不模糊不清的？

夫随其成心而师之，谁独且无师乎①？奚必知代而心自取者有之②？愚者与有焉。未成乎心而有是非，是今日适越而昔至也③。是以无有为有。无有为有，虽有神禹④，且不能知，吾独且奈何哉！

夫言非吹也⑤。言者有言，其所言者特未定也⑥。果有言邪？其未尝有言邪？其以为异于鷇音⑦，亦有辩乎？其无辩乎？

道恶乎隐而有真伪？言恶乎隐而有是非⑧？道恶乎往而不存？言恶乎存而不可？道隐于小成⑨，言隐于荣华⑩。故有儒墨之是非⑪，以是其所非而非其所是。欲是其所非而非其所是，则莫若以明⑫。

物无非彼，物无非是⑬。自彼则不见，自知则知之⑭。故曰彼出于是，是亦因彼。彼是方生之说也⑮，虽然，方生方死，方死方生；方可方不可，方不可方可⑯。因是因非，因非因是⑰。是以圣人不由，而照之于天⑱，亦因是⑲也。是亦彼也，彼亦是也。彼亦一是非，此亦一是非⑳。果且有彼是乎哉？果且无彼是乎哉？彼是莫得其偶㉑，谓之道枢㉒。枢始得其环中㉓，以应无穷㉔。是亦一无穷，非亦一无穷也㉕。故曰莫若以明。

【注释】

①成心：业已形成的偏执之见。师：以之为师，效法、遵从的意思。且：句

中助词。 ②代：更改，变化。"知代"意思是懂得事物的变化更替。取：采取、取信的意思。 ③未成乎心而有是非，是今日适越而昔至也：这句话是比喻，说明没有成见就已经出现是非观念是不可能的，就如同"今日适越而昔至"是不可能的一样。 ④神禹：神明的夏禹。 ⑤吹：风吹。 ⑥其所言者特未定也：但是其所说的言语并没有确定的意义。特：但；仅；只是。 ⑦鷇（kòu）音：幼鸟的叫声。鷇：初生的小鸟儿。 ⑧恶（wū）：何，怎么。隐：隐没，不得呈现。 ⑨成：成就。"小成"这里指一时的、局部的成就。 ⑩荣华：草本植物的花，这里喻指华丽的辞藻。 ⑪儒墨：儒家和墨家，战国时期两个政治和哲学流派。 ⑫莫若以明：以明静之心去观照。 ⑬物无非彼，物无非是：每一个事物，从它自身的角度看，都是"此"；从他物的角度看它就都变成了"彼"。 ⑭自彼则不见，自知则知之：自彼方的视野、立场则看不见此方之是；从此方自身的视野、立场则只知此方之是。 ⑮方：并。 ⑯方：始，才。 ⑰因是因非，因非因是：是非相因而生，有了是就有了非，有非即有是。 ⑱由：经，由。照：观察。天：事物的自然，这里指本然之心。 ⑲因：顺着。 ⑳是亦彼也，彼亦是也。彼亦一是非，此亦一是非：彼此的差别是相对的，彼方有彼方的是与非，此方亦有此方的是与非。 ㉑偶：相对面。 ㉒枢：本指转轴，引申为枢要。道枢：大道的中心、关键。 ㉓环中：环的中心；"得其环中"喻指抓住要害。 ㉔应：应付；对付。无穷，无穷的事物，无穷的变化。 ㉕是亦一无穷，非亦一无穷也：天下事物莫不自是相非，故是和非都是无穷的。

【译文】

如果把自己的成见作为判断是非的标准，那么谁没有一个标准呢？何必通晓事物的发展变化而有识解的人才有呢？愚昧的人也一样会有的。还没有在思想上形成定见就有了是与非的分别，这就比"今天到越国去而昨天就已经到达"。这就是把没有当做有。把没有当做有，即使圣明的大禹也无法理解，我又能怎么样呢？

言论不是风声，发表言论的人都是要有所表达的，但是他们所说的却不能得出一个结论来。他们果真说了些什么吗？还是什么也没说呢？他们自以为自己的说话不同于刚出蛋壳的小鸟的叫声，到底是有分别呢，还是没有分别呢？

"道"是怎么被遮蔽而有真伪的分别呢？言论是怎样被隐蔽而有是非的争辩呢？道在什么地方而隐没了呢？言论在什么时候会有失当的情况呢？

道是被小的成就遮蔽了，言论是被浮华的言辞隐蔽了，因此才有儒墨的是非之争，他们都各自肯定对方之所否定的，而非议对方之所肯定的，如要肯定对方的所非而非议对方的所是，则不如以空明的心境去反映事物的实情。

事物没有不是“彼”的，也没有不是“此”的。从彼方看不见此方，从自己一方来看就知道了。所以说，“彼”是在与“此”的对应中产生的，“此”也是和“彼”对应而存在的。彼此是相对而生的。虽然如此，（但是任何事物）生中就有死的因素而向死转化，死中也有生的因素而向生转化；肯定中有否定因素而向否定转化，否定中有肯定因素而向肯定转化；有“是”就有“非”，有“非”就有“是”。因此，圣人不走这条（分辨是非的）路子，而用虚静的心灵去关照，不过因任自然罢了。“此”也是“彼”，“彼”也是“此”。“彼”有它的是非，“此”也有它的是非，果真有彼此之分吗，果真无彼此之分吗？彼此不相对待，这就是道的关键。掌握道枢才能像处于圆的中心，从而顺应无有穷尽的发展变化。“是”的变化是无穷尽的，“非”的变化也是无穷尽的。所以说不如以空明的心境去观照事物的实情。

昔者庄周梦为胡蝶①，栩栩然胡蝶也②，自喻适志与③！不知周也。俄然觉④，则蘧蘧然⑤周也。不知周之梦为胡蝶与，胡蝶之梦为周与⑥？周与胡蝶，则必有分矣⑦。此之谓“物化”⑧。

【注释】

①胡蝶：亦作蝴蝶。　②栩(xǔ)栩然：欣然自得的样子。　③喻：通“愉”，愉快。适志：合乎心意，快意。　④俄然：突然。　⑤蘧(qú)蘧然：惊动之貌。　⑥与：用于轻微的疑问。　⑦分：辨别，区分。　⑧物化：物我界限消解，万物浑而为一。

【译文】

从前庄周梦见自己变为蝴蝶，栩栩而飞的一只蝴蝶，满足而愉快。忘了自己原来是庄周。顷刻间醒过来了，才发现自己是庄周。不知道是庄周在梦中变成了蝴蝶呢，还是蝴蝶在梦中变为了庄周呢？庄周和蝴蝶肯定是有分别的。这就叫做“物化”。

延伸阅读

庄子师承考

自司马迁作《史记》以庄子附《老子传》中，班固《汉书·艺文志》用刘歆《七略》入庄子于道家，后世遂以老、庄并称，而庄子之学半晦；自方技之神仙与诸子之道家混，隋、唐之际被《庄子》以《南华真经》之名，其后疏注《庄子》者如成玄英、褚伯秀之伦，多为黄冠羽士，视《庄子》为修真练气之书，而庄子之学全晦。庄子之非神仙家，今之学者或能辨之；若其非道家而不同于老子，则能辨之者鲜矣。予之始读《庄子》也，于《天下篇》庄子自述其学特与老子异，已窃疑之。及观《说剑篇》中乃有“夫子必儒服”之语，以为如《史记》列传所言庄子方剽剥儒、墨，以诋訾孔子为事，何其门下为文反称其儒服？使非其实，门人又何为诬之？疑之益深。其后读韩愈、苏轼之文。愈谓孔子之道源远而末益分，子夏之徒有田子方，“子方之后流而为庄周”；轼则云：“庄子盖助孔子者”，又云庄子于孔子，盖“实予而文不予，阳挤而阴助之”，“其论天下道术，自墨翟、禽滑釐、彭蒙、慎到、田骈、关尹、老聃以至于其身，皆以为一家，而孔子不与，其尊之也至矣”。于是而知古人固已有先我而疑《史记》《汉书》为不足信，而不欲从之者，则予之疑为非妄发，因复尽检《庄子》三十三篇之书而研覈（hé，核）之。

其称孔子，或曰孔子，或曰夫子，而于老子，则每曰老聃，轻重之间固已甚有别矣。其引述孔子之言，除《盗跖》《渔父》之篇出于其末流而假托者外，多至二十有八，若老子之言者才十有四，又什九皆与孔子相问对。……庄子之学，盖实渊源自孔子，而尤于孔子之门颜子之学为独契，故其书中颜子之言既屡见不一，而若“心斋”，若“坐忘”，若“亦步亦趋”，“奔轶绝尘，瞠若乎后”云云，皆深微精粹不见于他书。非庄子尝有所闻，即何从而识之？更何得言之亲切如此？故窃谓庄子为孔门颜子一派之传，与孟子之传自曾子一派者，虽同时不相闻，而学足以并峙。……

（节选自钟泰《庄子发微》）

问题与讨论

1.“天籁”是什么？它是地籁和人籁之外的第三类的音声，还是说地籁和人籁等一切声音的自然状态？

2. 庄子对人生种种生存状态有所描写，我们自己的生活是否也是如此呢？庄子追问“不芒”的人生的意义，对于我们有什么启发？

3. 你如何看待事物以及人们对于事物的认识之间的差别？我们所理解的事物是否和事物本身是完全一致的呢？如果不一致，我们应如何看待这种差别？

第五节　大宗师

知天之所为，知人之所为者，至矣[①]。知天之所为者，天而生也[②]；知人之所为者，以其知之所知以养其知之所不知，终其天年而不中道夭者，是知之盛也[③]。

虽然，有患。夫知有所待而后当，其所待者特未定也[④]。庸讵知吾所谓天之非人乎？所谓人之非天乎？

且有真人而后有真知。何谓真人？

古之真人，不逆寡[⑤]，不雄成[⑥]，不谟士[⑦]。若然者，过而弗悔，当而不自得也。若然者，登高不慄，入水不濡，入火不热[⑧]。是知之能登假于道者也若此[⑨]。古之真人，其寝不梦，其觉无忧，其食不甘，其息深深。真人之息以踵[⑩]，众人之息以喉。屈服者，其嗌言若哇[⑪]。其耆欲深者，其天机浅[⑫]。

古之真人，不知说生，不知恶死；其出不䜣，其入不距[⑬]；翛然[⑭]而往，翛然而来而已矣。不忘其所始，不求其所终；受而喜之，忘而复之，是之谓不以心捐道[⑮]，不以人助天。是之谓真人。若然者，其心志[⑯]，其容寂，其颡頯[⑰]；凄然似秋，煖然似春[⑱]，喜怒通四时，与物有宜而莫知其极。

[故圣人之用兵也，亡国而不失人心；利泽施乎万世，不为爱人。故乐通物，非圣人也；有亲，非仁也；天时，非贤也；利害不通，非君子也；行名失己，非士也；亡身不真，非役人也。若狐不偕、务光、伯夷、叔齐、箕子、胥余、纪他、申徒狄，是役人之役，适人之适，而不自适其适者也。][⑲]

古之真人，其状義而不朋[⑳]，若不足而不承；与乎其觚而不坚也[㉑]，张乎其虚而不华也[㉒]；邴邴乎其似喜乎[㉓]！崔乎其不得已乎[㉔]！滀乎进我色也[㉕]，与乎止我德也[㉖]；厉乎其似世乎[㉗]；謷乎其未可制也[㉘]；连乎其

似好闭也[29]，悗乎忘其言也[30]。[以刑为体，以礼为翼，以知为时，以德为循。以刑为体者，绰乎其杀也；以礼为翼者，所以行于世也；以知为时者，不得已于事也；以德为循者，言其与有足者至于丘也，而人真以为勤行者也。][31]故其好之也一，其弗好之也一[32]。其一也一，其不一也一[33]。其一与天为徒，其不一与人为徒。天与人不相胜也，是之谓真人。

【注释】

①知天之所为，知人之所为者，至矣：知道天、人之作为（皆是因任自然），这是认识的极致。 ②知天之所为者，天而生也：知道天的所为，乃是自然而产生的。 ③以其知之所知，以养其知之所不知："其知"读为 zhì，智慧，智能。 ④有所待：有所依凭。庄子认为人们的认识和了解都离不开认识、了解的对象。当：恰当、正确。其所待者；指作为认识对象的事物，万物都是变化无定的，所以说"特未定"。 ⑤逆：抵触；不顺；违背。这里有虚怀任物的意思。 ⑥雄成：雄据自己的成绩，即凭借自己取得的成绩而傲视他人、凌驾他人。 ⑦谟士："谋事"的同音假借。图谋、算计。 ⑧濡(rú)：沾湿。 ⑨假：至、达到的意思。登假于道：达到"道"的意思。⑩踵：脚后跟。"息以踵"言气息深沉，发自根本。 ⑪嗌(ài)：咽喉塞住。"嗌言"是说言语吞吐像堵在喉头似的。哇(huá)：哽塞。 ⑫耆：嗜好，后写作"嗜"。天机：天生的神智。 ⑬其出不䜣，其入不距："出"指出生于世，"入"指死亡。以下的"往"和"来"也是指人的死和生。䜣："欣"字的异体，高兴的意思。距：通作"拒"，拒绝。 ⑭翛(xiāo)然：无拘无束、自由自在的样子。 ⑮捐：应为损。 ⑯志：疑为"忘"字之误；"心忘"意思是心里空灵，忘掉自己的周围。 ⑰颡(sǎng)：额。頯(kuí)：大朴之貌。⑱煖(xuān)：同"煊"，温暖的意思。 ⑲这部分文字，闻一多先生认为文意与上下不能一贯而自成片断，疑系别处错入。 ⑳其状義而不朋："義"，读为"峨"，高大。"朋"，伦比；相类。 ㉑与乎："容与"，态度自然安闲的样子。觚(gū)：通"孤"。独特。坚：这里是固执的意思。 ㉒张乎：广大的样子，这里指内心宽宏、开阔。华：浮华。 ㉓邴(bǐng)邴：欣喜的样子。㉔崔乎：崔，当读为"催"，叫人赶快行动或做某事，这里的意思是说举动出于不得已。 ㉕滀(chù)乎：本指水之停聚貌，这里引申形容人内心充实而容颜和悦而有光泽。 ㉖与：通"豫"，宽舒的样子。止：归；"止我德"是说德性高雅宽和让人归依。 ㉗厉：疑为"广"字之误，言精神博大好像包容了

世界。一说“世”乃“泰”字之通假，大的意思。 ㉘謷（áo）乎：高放自得的样子。制：限止。 ㉙连乎：“连”，长。绵邈深远的样子。 ㉚悗（mèn）乎：心不在焉的样子；忘情貌。 ㉛“以刑为体”至“而人真以为勤行者也”，所述内容不似庄子的思想和主张，跟上下文内容也不连贯。 ㉜故其好之也一，其弗好之也一：无论人们喜好与否，（天与人）都是合而为一的。 ㉝其一也一，其不一也一：无论人们是否认为天和人是合一的，它们都是合而为一的。

【译文】

知道哪些是天的作为，知道哪些是人的作为，这就达到了认识的极点。知道天的作为，是出于自然；了解人的作为，是用他所能知晓的（人有意识的作为）来顺事、奉养自己智慧所不能通达的（天的自然所为），使自己享尽天年而不中途夭亡，这就是认识的能事了。

虽然这样，还是存在问题。人的知识一定要有一定的对象方才能去符合它，而认识的对象却是变化不定的。怎么知道我所说的本于自然的东西不也是出于人为呢，怎么知道我所说的人为的东西不也是属于自然的呢？

只有“真人”才能有真知。什么叫做“真人”呢？

古时候的“真人”，不倚众凌寡，不自恃成功，也不谋虑事情。像这样的人，错过了时机不后悔，赶上了机遇不得意。像这样的人，登上高处不会战栗，下到水里不会沾湿，进入火中不觉灼热。这只有智慧上达大道的人才能这样。古时候的“真人”，睡觉时不会做梦，醒着时也没有忧愁，饮食不求甘美，呼吸气息深沉。“真人”呼吸凭借的是着地的脚跟，而一般人呼吸用的是喉咙。议论被人屈服时，言语吞吞吐吐就像喉咙里有什么阻碍一样。嗜欲太深的人，他们自然的慧根就会被限制。

古时候的“真人”，不会贪恋活着，也不会厌弃死亡；生不欣喜，死不拒辞；无拘无束地去，自由自在来罢了。不忘记自己的来源，也不寻求自己的归宿，事情来了就欣然接受，事过则化，一切复归本然，这就叫做不用心智去损害大道，也不用人的作为去干预自然。这就是“真人”。这样的人，他的内心忘怀周围的一切，他的表情淡漠安闲，他的额头宽大质朴；冷肃时像秋天，温暖时像春天，一喜一怒如四时更替一样自然，和任何事物都能相宜而没有人能测知他极致的境界。

古时候的“真人”，神情巍峨庄严而不矜持，好像不足却又无所承受；态度安闲自然、介然不群而不固执，襟怀开阔而不浮华；舒畅自适像是格外地高兴，一举一动又好像是出于不得已！内心充实而容颜和悦可亲，德行宽厚而让人乐于归止；气度如世界般的广博！高远超迈从不可拘制，绵邈深远好似喜欢封闭自己，不系事于心像是忘记了将要说的话。所以，不管人们喜好和承认与否，（天和人）都是合一的。认为天和人是合一的，就能顺乎自然；认为天和人是不合一的，必定肯定人的作为。以为自然与人为不是相互对立、否定的，这就叫做“真人”。

死生，命也①，其有夜旦之常②，天也。人之有所不得与③，皆物之情也。彼特以天为父，而身犹爱之，而况其卓乎④！人特以有君为愈乎己⑤，而身犹死之⑥，而况其真乎⑦！

泉涸，鱼相与处于陆，相呴以湿⑧，相濡以沫⑨，不如相忘于江湖。与其誉尧而非桀也，不如两忘而化其道⑩。[夫大块载我以形，劳我以生，佚我以老，息我以死。故善吾生者，乃所以善吾死也。]⑪

夫藏舟于壑，藏山于泽⑫，谓之固矣。然而夜半有力者负之而走，昧者不知也⑬。藏小大有宜⑭，犹有所遯⑮。若夫藏天下于天下而不得所遯，是恒物之大情也⑯。[特犯⑰人之形而犹喜之。若人之形者，万化而未始有极也，其为乐可胜计邪⑱！]故圣人将游于物之所不得遯而皆存。善妖善老⑲，善始善终，人犹效之，又况万物之所系，而一化之所待乎⑳！

【注释】

①命：这里指不可避免的、非人为的作用。　②常：常规，恒久不易或变化的规律。　③与：参与，干预。　④卓：高超，超绝；这里实指“道”。　⑤愈：胜过。　⑥死之：“为之而死”，即为国君而献身。　⑦真：这里指的是“道”。　⑧呴（xǔ）：张口呼气。　⑨濡：沾湿的意思。沫：唾沫，即口水。　⑩化：融会贯通，这里是混同于道的意思。　⑪这六句话与上下文不连贯，在本篇后面文字中有出现，当为错简重出。　⑫山：一说通作“汕”，捕鱼的用具。也可就字面讲。　⑬昧：通作“寐”，睡着的意思。一说“昧”当如字面讲，“昧者”即愚昧的人。　⑭藏小大：藏小于大故合宜，或说藏小藏大之法各皆合宜。　⑮遯（dùn）：“遁”字的异体，逃脱、丢失的意思。　⑯大情：最大的实情，至理。　⑰犯：遭遇，承受。　⑱胜

(shēng):能够承受,禁得起。 ⑲妖:或作“夭”。 ⑳系:依附。一:全;“一化”即所有的变化。待:依靠、凭借。“所系”“所待”这里都是指“道”,庄子认为一切事物、一切变化都离不开“道”,因而人们应当效法它,“宗”之为“师”。

【译文】

人有生死都是必然而不能避免的，犹如黑夜和白天的永恒交替，这是自然的常情。有些事情，人是不可能参与和干预其中的，这是事物的实情。人们把天看作生命之父，终身爱戴它，又何况那超绝于天的“道”呢！人们认为君主的势位高于自己，而终身愿为国君效死，又何况那真正超绝于人的“道”呢?

泉水干涸了，鱼儿一起都困在陆地上，与其以湿气相互吹向，以唾沫相互湿润，不如游在江湖的水里彼此都不用照顾对方的存在。与其赞誉尧而非议桀，不如把两者都忘掉而融化同一于大“道”之中。

将船藏在山谷里，将大山藏在深水里，可以说是十分可靠了。然而半夜里（不知不觉中）有个大力士（大力的造化）把它们连同山谷和河泽一块儿背着跑了，睡梦中的人（昏昧的人）还一点儿也不知道。将小东西藏在大东西里是好的，不过仍然会有损失。假如把天下托付给天下，就不会有亡失了，这是事物固有的实情。人只不过获得人的形体（外在的身体）就十分欣喜，像人的形体一样的东西，自然中千变万化而未有穷尽，那快乐岂可计算得清？所以圣人将生活在各种事物都不会亡失而皆存的境地(与造化同体)。对于老少生死都能欣然处之的行为，人们尚且加以效法，又何况那作为万物的根源、变化的依托之大“道”呢！

夫道,有情有信①,无为无形;可传而不可受,可得而不可见②;自本自根,未有天地,自古以固存;神鬼神帝③,生天生地;在太极之先而不为高,在六极之下而不为深④,先天地生而不为久,长于上古而不为老⑤。

【注释】

①情、信:情实和信验;有情有信即真实、确凿可信的意思。 ②可传而不可受,可得而不可见:“受”,通“授”。道可以心传而不可以口授,可以心得而不可以目见。 ③神:这里是引出、产生的意思。 ④太极:派生万

第三章 庄子

物的本原，即宇宙的初始，这里当指天。先：或说“先”字当作“上”字，以与下句“六极之下”对应。六极：即六合，指上下和四方，泛指天地或宇宙，这里或当指地。这两句是说道弥宇内，无所不在。 ⑤先天地生而不为久，长于上古而不为老：这两句谓道贯古今，无时不在。

【译文】

“道”是真实而有信验的，然而它又是没有兴作和形迹的；“道”可以心传而不可以口授，可以领悟却不可以面见；“道”自己作为自己的根本，在还没有出现天地的时代，“道”就从古代一直已经存在着；它产生了鬼神和天地；它在太极之上而不为高，在六合之下而不算深，先于天地存在而不算久，长于上古而不算老。

延伸阅读

发现自己：庄子

在现代生活中，哲学家差不多是世界上最受人尊崇，同时也最不受人注意的家伙，如果这么一个家伙真的存在着的话。“哲学家”已经仅仅变成一个社交上恭维人家的名词了。任何一个莫名其妙，深奥不易了解的人都被称为“哲学家”。任何一个不关心目前状况的人也被称为“哲学家”。然而，后者这种意义中却含着相当的真理。当莎士比亚在《皆大欢喜》（As You Like It）一剧里使丑角达士东（Touclistone）说“牧羊人，你也懂得一点哲学吧”时，他是用后者这种意义的。由这种意义说来，哲学不过是对事物或一般人生的一种普通而粗浅的观念而已，这种观念每一个人多少都有一些。一个人如果不愿承认现实的全貌的表面价值，或如果不愿相信报纸上所刊载的每一句话，他多少是一个哲学家。他是一个不愿被欺骗的人。

哲学始终含着一种如梦初醒的意味。哲学家观察人生，像艺术家观察风景一样——是隔着一层薄纱或一层烟雾的。生硬的现实的琐事已经软化了一些，使我们可以看出它的意义。

至少中国艺术家或哲学家是这样想的。所以，哲学家是和那个彻底的现实主义者完全相反；彻底现实主义者为俗务所缠，碌碌终日，相信他的成功和失败，赢利和损失是绝对的，真实的。这么一种人是没有救药的，因为他连一些怀疑的念头也没有，因为他根本是空洞无物的。孔子曰：“不曰如之何，如之何者，吾未如之何也已矣！”——在孔子少数的有意的谐语之中，这是我所发现的一句。

我打算在这一章中介绍中国哲学对于生活的一些观念。这些哲学家的意见越是参差，便也越是一致——他们都认为人类必须有智慧和勇气，才能够过着幸福的生活。孟子那种比较积极的观念和老子那种比较圆滑的和平观念，调和起来而成为中庸的哲学，这种中庸的哲学可说是一般中国人的宗教。动和静的冲突结果产生了一种妥洽的见解，对于一个很不完美的地上天堂感到满足。这种观念造成了一个智慧而愉快的人生哲学，终于在陶渊明——据我看来，他是中国最伟大的诗人与最和谐的性格——的生活上形成的一种典型。

一切中国的哲学家在不知不觉中认为唯一重要的问题是：我们要怎样享受人生？谁最会享受人生？我们不追求十全十美的理想，我们不寻找那些得不到的东西。我们不要求知道那些不得而知的东西；我们只认识不完美的，会死的人类的本性：在这种观念之下，我们要怎样调整我们的人生，使我们可以和平地工作着，旷达地忍耐着，幸福地生活着呢？我们是谁呢？这是第一个问题。这个问题几乎是无法答复的。可是我们都承认在我们日常活动中那么忙碌的自我，并不完全是真正的自我。我们相信我们在生活的追求中已经失掉了一些东西。当我们看见一个人在一片田野里跑来跑去在寻找东西时，智者可以弄出一个难题给一切旁观者去解答：那个人失掉了什么东西呢？有的猜一只表；有的猜一支钻石胸针；其他的人则作其他的猜测。智者委实也不知道那个人在寻找什么东西；可是当大家都猜不中的时候，他会对大家说："我告诉你们吧。他失掉了一些气息了。"（lost some—breath——即"上气不接下气"之意）没有人会否认他的话是对的。所以我们在生活的追求中常常忘掉了真正的自我，像庄子在一个美妙的譬喻里所讲的那只鸟那样，为了要捕捉一只螳螂而忘掉自身的危险，而那只螳螂又为了要捕捉一只蝉而忘掉自身的危险：

庄周游于雕陵之樊，睹一异鹊，自南方来者。翼广七尺，目大运寸。感周之颡，而集于栗林。

庄周曰："此何鸟哉？翼殷不逝，目大不睹。"蹇裳躩步，执弹而留之，睹一蝉，方得美荫，而忘其身。螳螂执翳而搏之，见得而忘其形；异鹊从而利之。见利而忘其真。庄周怵然曰："噫！物固相累。二类相召也。"捐弹而反走，虞人逐而谇之。庄周反入，三月不庭；蔺且从而问之："夫子何为顷间甚不庭乎？"

庄周曰："吾守形而忘身。观于浊水而迷于清渊。且吾闻诸夫子曰：'入其俗，从其俗。’今吾游于雕陵而忘吾身。异鹊感吾颡，游于栗林而忘真。栗林虞人，以吾为戮。吾所以不庭也。”

庄子是老子的得意门生，正如孟子是孔子的得意门生一样，两人的生存年月和他们的老师隔离差不多一百年。庄子和孟子同时，老子大约和孔子同时。可是孟子和庄子一样认为我们已经失掉了一些东西，哲学家的任务是去发现并取回已经失掉了的东西——据孟子的见解，这里所失掉的便是“赤子之心”。这位哲学家说：“大人者，不失其赤子之心者也。”孟子认为文明的人类的生活，对于人类天生的赤子之心的影响，有如山上的树木被斧斤伐去一样：

牛山之木尝美矣。以其郊于大国也，斧斤伐之，可以为美乎？是其日夜之所息，雨露之所润，非无萌蘖之生焉，牛羊又从而牧之。是以若彼濯濯也；人见其濯濯也，以为未尝有材焉。此岂山之性也哉？虽存乎人者，岂无仁义之心哉？其所以放其良心者，亦犹斧斤之于木也；旦旦而伐之，可以为美乎？其日夜之所息，平旦之气，其好恶与人相近也者几希，则其旦昼之所为，有梏亡之矣。梏之反复，则其夜气不足以存；夜气不足以存，则其违禽兽不远矣。人见其禽兽也，而以为未尝有才焉者。是岂人之情也哉？

（节选自林语堂《人生的盛宴》）

问题与讨论

1. 庄子关于自然和“人”的关系的相关论述对你有什么启发？
2. 庄子如何理解人的生死问题？
3. 庄子的“道”有哪些规定和特征？它和老子的“道”有什么异同？

第四章　荀子

第一节　荀子与《荀子》及先秦诸子百家

荀子（约前 325—前 238），名况，字卿，又称孙卿子，战国时赵国（今山西南部）人。荀子早年就曾游学齐国，后来还在齐都临淄著名的“稷下学宫”“三任祭酒”。又曾西游于秦，议兵于赵，并两度应楚春申君邀请而担任兰陵（今山东苍山县兰陵镇）令。晚年定居兰陵，专心著述。荀子的著作经过汉代刘向、刘歆校定为《孙卿书》三十二篇。唐人杨倞为其书作注，“分旧十二卷三十二篇为二十卷，又改《孙卿新书》”。（编者注：《孙卿书》就是今天《荀子》一书的底本和原本）。这就是我们今天了解荀子思想所据的通行本《荀子》一书。

荀子生活的年代处于春秋战国以来，百家争鸣的后期，他以孔子的继承人自居，主要继承并发展了儒家的“外王学”。荀子从儒学的基本立场出发，总结和吸收了道家、法家、墨家、名家的思想，对战国以来的诸子学说进行了全面的批判和综合，建立起自己新的儒学思想体系，成为先秦儒家学派在孔子、孟子之后的集大成者。

今天关于《荀子》一书比较好的注释版本有：

（清）王先谦（撰），沈啸宸，王星贤（点校）. 荀子集解. 北京：中华书局，1988 年.

梁启雄. 荀子简释. 北京：中华书局，1983 年.

张觉. 荀子译注. 上海：上海古籍出版社，1995 年.

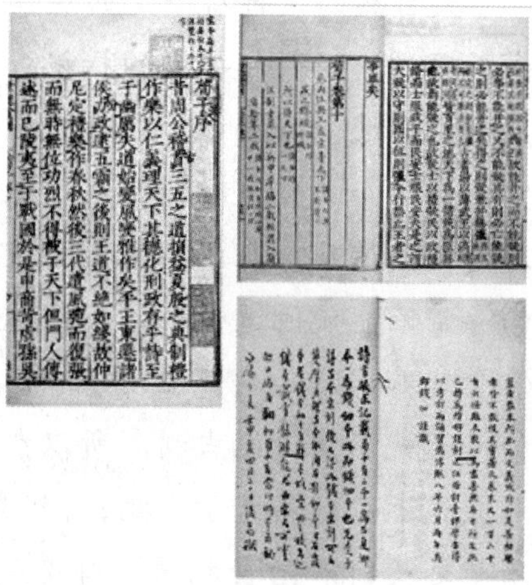

第二节　天论

天行有常[1]，不为尧存，不为桀亡[2]。应之以治则吉，应之以乱则凶[3]。

强本而节用，则天不能贫[4]；养备而动时，则天不能病[5]；修道而不贰，则天不能祸[6]。故水旱不能使之饥，寒暑不能使之疾，袄怪不能使之凶[7]。本荒而用侈，则天不能使之富；养略而动罕[8]，则天不能使之全；倍[9]道而妄行，则天不能使之吉。故水旱未至而饥，寒暑未薄[10]而疾，袄怪未至而凶。受时与治世同，而殃祸与治世异，不可以怨天，其道然也[11]。故明于天人之分，则可谓至人矣[12]。

【注释】

①行：运行，变化。常：恒常，一定的规律。　②不为尧存，不为桀亡：不以人的意志为转移。　③之：它，指代“天行”。治：指“强本而节用”、“养备而动时”、“循道而不忒”等导致安定的措施。　④本：农业生产。　⑤养备：养生之具周备。动时：兴作适时。病：损害。　⑥贰：差错。　⑦袄怪：“袄”，通“妖”，天反时为灾，地反物为妖，皆大自然反常的变化。　⑧养略而动罕：“略”，简略。“罕”，少；或说为“屰”，同“逆”，与“养备而动时”相对。　⑨倍：通“背”，违背。　⑩薄：通“迫”，逼近。　⑪受时：遭遇的天时。道：指人之所行。　⑫天人之分：天与人各有不同的职分。至人：最明白事理的人。

【译文】

大自然的运行有一定的规律，它不因为尧之仁而存在，也不由于桀之暴而灭亡。用引起安定的措施去适应它就获得吉祥，用引起混乱的措施去应对它就遭受凶险。加强农业生产而厉行节约，天就不能使人贫穷；衣食给养齐备而兴作适时，天就不能使人困顿；遵循“道”而没有偏差，天就不能使他遭殃。所以旱涝不能使人挨饿，严寒酷暑不能使人生病，自然界的异常不能使他遭受祸害。农业生产荒废而用度奢侈，天就不会使人富足；衣食给养不足而生产活动违时，天就不能使他保全；违背“道”而恣意妄为，天就不能使他吉利。所以水旱之灾未至而他却不免于饥荒，严寒酷暑还未迫近他却不免于生病，自然界的反常变异还没有出现他就遭受凶险了。所受之天时和治世相同，却遭受灾祸而与治世不同，这不可以埋怨上天，这是他的行事造成的。所以通达天与人的分际，就可以说是认识达到了最高境界的人了。

不为而成，不求而得，夫是之谓天职[①]。如是者，虽深，其人不加虑焉[②]；虽大，不加能焉[③]；虽精，不加察焉；夫是之谓不与天争职。天有其时，地有其财，人有其治，夫是之谓能参[④]。舍其所以参，而愿其所参，则惑矣[⑤]！

【注释】

①天职：自然的功能。 ②其人：指上文的“至人”。加：施加。焉：于之，对它。 ③能：力。这里用作动词，表示用力干预。 ④财：通“材”。参：并列为三。 ⑤所以参：用来并列的东西，指能够与天地三材并立所依凭的功分。所参：被并列，可以并列，指上文的“天”“地”。这两句是说：舍弃了人事的职分，只指望天、地的恩赐。

【译文】

不用作为而能成功，不用求取而能得到，这是自然的职能。像这样的事物，即使意义深远，人对它也不加以思考；即使影响广大，人对它也不加以干预；即使道理精妙，人对它也不加以审察，这就叫做不与天争职能。天有其时令节气，地有其材料资源，人类有其治理之能，这叫做能与天地相参。人如果舍弃了其用来与天地相参的治理之功，而只羡慕与之并列的天时、地财，那就糊涂了。

列星随旋[①]，日月递炤[②]，四时代御[③]，阴阳大化[④]，风雨博施[⑤]，万物各得其和以生，各得其养以成[⑥]，不见其事而见其功，夫是之谓神。皆知其所以成，莫知其无形，夫是之谓天[⑦]。唯圣人为不求知天。

【注释】

①列星：排列位置固定而定时出现的星，即恒星，如二十八宿。随旋：相随回旋。 ②炤：同“照”。 ③代：更迭；交替。御：驾驭，控制，指主宰和决定每一年中的节候变化。 ④阴阳大化：古代思想家认为阴阳二气不断地相互作用而化成万事万物，这就是所谓的“大化”。 ⑤博施：广博施行，无不被也。 ⑥和：和气，它是我国古代的哲学概念，是阴阳二气达到某种和谐程度后生成的一种具有相对稳定性的基因，它是构成各种具体事物

的物质性的东西。　⑦以：通“已”，已经。天：天生，自然而然。

【译文】

群星相随旋转，太阳月亮交替照耀，四季循环作用，阴阳之气大量地化生万物，风雨普遍地滋养万物。万物各自享有它的和气而产生，各自得其滋养而成长。看不见其生发、长养万物的过程而只见到它的成果，这就叫做神妙。人们都知道是它孕育生成了万物，却没有人知道那无形无踪的造化，这就叫做天。只有圣人是不用知晓和了解天的。

天职既立，天功既成，形具而神生，好恶喜怒哀乐臧焉，夫是之谓天情[1]；耳目鼻口形能各有接而不相能也，夫是之谓天官[2]；心居中虚以治五官，夫是之谓天君[3]。财非其类以养其类，夫是之谓天养[4]。顺其类者谓之福，逆其类者谓之祸，夫是之谓天政[5]。暗其天君，乱其天官，弃其天养，逆其天政，背其天情，以丧天功，夫是之谓大凶[6]。圣人清其天君，正其天官，备其天养，顺其天政，养其天情，以全其天功；如是，则知其所为，知其所不为矣；则天地官而万物役矣[7]。其行曲治，其养曲适，其生不伤，夫是之谓知天[8]。

【注释】

①臧：通“藏”。天情：天赋之情。　②能：功能。接：接受，指感受、感知。天官：天赋的感官。　③天君：古人认为心能思维，主宰五官，因此把它比做“君”。　④财：地有其财之财。天养：指用以奉养人的自然物资。　⑤天政：天的权柄。　⑥暗其天君：指使自己的神志昏乱糊涂。乱其天官：指纵情于声色饮食，淫乐过度。弃其天养：指不能搞好生产。逆其天政：指不能顺应天道而趋福避祸。背其天情：指喜乐无常，爱憎无度。　⑦官：任用。役：役使。这里都是表示被动。　⑧曲：曲折周到，周遍。生：通“身”。

【译文】

自然的职能已经实现，它的功效已经成就，人也就具备了形体和产生了精神，爱好与厌恶、欢喜和恼怒、悲哀与快乐等在人的形神里面发生，这些叫做天情。耳朵、眼睛、鼻子、嘴巴、身体，就其功能来说，各有自己的接受对象而不能互相替代，这些叫做天官。心居中虚之地，来管理五官，这叫做天君。人能裁制安排自己之外的万物，来奉养众人，这叫做天养。顺合人的需要的叫做福，违逆人的需要的叫做祸，这叫做天政。蒙蔽了自己的天君，扰乱了自己的天官，抛弃了天养，违反了天政，背离了天情，因而丧失了其天功，这就叫做大凶。圣人使自己的天官清明，端正自己的天官，充实那天然的供养，顺应那天然的政令，保养自己的天情，从而成全其天功。如此，就能知道自己应该做什么事、不应该做什么事，天地为所利用而万物为所驱使，其行无不平顺，其养无不适当，他的生命不受伤害，这就叫做知天。

故大巧在所不为①，大智在所不虑②。所志于天者，已其见象之可以期者矣③。所志于地者，已其见宜之可以息者矣④。所志于四时者，已其见数之可以事者矣⑤。所志于阴阳者，已其见知之可以治者矣⑥。官人守天而自为守道也⑦。

【注释】

①所不为：不做的事，指违背天道的事情。　②所不虑：不加考虑的事。　③志：向慕；有志于。已：止，不超过。期：日期，时期。这里用作动词，指确定时期。　④宜：适宜，指适合农作物生长的条件。息：生长，繁殖，指种植庄稼。　⑤数：规律，指历数，带有规律性的节气。事：从事，指安排农事。　⑥知："和"，疑为形近而误。治：治理；管理；统治。
⑦官人：任人为官以治职事。守天：持守天道。自为守道：自我修养则持守人道。

【译文】

所以，真正的技巧在于不去做违背天道的事情，真正的智慧在于不处心积虑地去做事情。圣人所有意于天的，不过是所见的天象中那些可以测定时期的罢了；所有意于地的，不过是所见的适宜条件中那些可以种植庄稼的罢了；所有意于四季的，不过是所见历数之可以安排农业生产的的罢了；所有意于阴阳的，不过是所见的和气之可以理治事物的罢了。任用官守职事来掌握这些自然现象，而自己所做的只是去持守道。

治乱，天邪？曰：日月、星辰、瑞历①，是禹、桀之所同也；禹以治，桀以乱；治乱非天也。时邪？曰：繁启、蕃长于春夏②，畜积收藏于秋冬，是又禹、桀之所同也；禹以治，桀以乱；治乱非时也。地邪？曰：得地则生，失地则死，是又禹、桀之所同也；禹以治，桀以乱；治乱非地也。《诗》曰："天作高山，大王荒之；彼作矣，文王康之。③"此之谓也。

【注释】

①瑞：吉祥，一说疑为"岁"，音近而误。历：记录年月日及时令节气的历书。书是吉祥之物，所以称"瑞历"。　②繁：多。启：发。繁启即万物萌生的意思。蕃：茂盛。　③《诗·周颂·天作》。高山：这里实指岐山。大王，太王，周文王的祖父。荒：大。康：使安定。

【译文】

国家、社会的稳定与动乱，是由上天决定的吗？回答说：日月、星辰、节气，这在禹与桀是相同的；禹用此而使天下安定，桀有此却使天下大乱；可见天下的治乱并不是由天主使的。那么，是四时造成的吗？回答说：万物春生夏长，秋收冬藏，这在禹与桀也是相同的；禹用此天下安定，桀有此却使天下大乱；可见社会的治乱并不是季节造成的。那么，是由于地造成的吗？回答说：庄稼有了大地就能够生长，离开了大地就要死亡，这在禹与桀又是相同的；禹用此使天下安定，桀有此却使天下混乱；可见国家的治乱并不是地造成的。《诗》云："天生了这座高大的岐山，太王发展治理了它；太王在此建立了国都，文王就守护它的平安。"说的就是这个道理。

天不为人之恶寒也，辍冬①；地不为人之恶辽远也，辍广；君子不为小人之匈匈也，辍行②。天有常道矣，地有常数矣，君子有常体矣③。君子道其常，而小人计其功④。《诗》曰："礼义之不愆，何恤人之言兮？⑤"此之谓也。

【注释】

①辍(chuò):停止,废止。 ②匈匈:喧哗、吵嚷,引申为动乱、纷扰的意思。行:行为,品行。 ③体:准则。 ④道:由,行。这句话是说,君子行事遵守常道,而小人则计一时之功利。 ⑤所引此诗不见于今本《诗经》,是佚诗。愆(qiān):违背,违反。恤:顾及;顾念。

【译文】

天并不因为人厌恶寒冷就没有了冬季,地并不因为人厌恶辽远就失去了广阔,君子并不因为小人的干扰和动乱而停止一贯的行动。天有一定的规律,地有一定的法则,君子有一定的做事原则。君子坚持自己的原则不轻易改变,小人计较自己的得失,贪求好处。《诗》云:"如果自己不违背礼义,则何必担忧别人说长道短?"说的就是这个道理。

楚王后车千乘,非知也[①];君子啜菽饮水,非愚也;是节然也[②]。若夫心意修[③],德行厚,知虑明,生于今而志乎古,则是其在我者也。故君子敬其在己者,而不慕其在天者;小人错[④]其在己者,而慕其在天者。君子敬其在己者,而不慕其在天者,是以日进也;小人错其在己者,而慕其在天者,是以日退也。故君子之所以日进,与小人之所以日退,一也[⑤]。君子、小人之所以相县者[⑥],在此耳!

【注释】

①后车:侍从之车。知:通"智"。下文"知虑"之"知"同。 ②啜菽饮水:吃豆类,喝清水,形容生活清苦。节然:适然,形容守住自己的本分,原则。③心意修:当为"志意修",《荀子》书中其他地方都为"志意修"。 ④错:通"措",舍弃;置而不用。 ⑤一:指有所注重有所忽略的态度一样。⑥县:同"悬",悬殊,差距远。

【译文】

楚王外出时随从的车马有上千辆,并不是因为他的才智超人;君子吃的是粗粮、喝的是白水,并不是因为他的才智低下;这是由于时运如此。至于能否思想纯洁,德行敦厚,谋虑精明,生在今天而能了解古代,则取决于我们自己。所以,君子庄敬、谨慎地对待那些可以自己决定的事情,而不羡慕那些由上天决定的东西；小人抛弃那些自己可以努力把握的事情，而寄希望于上天。君子郑重地对待那些可以自己决定的事情，而不羡慕那些由上天决定的东西，所以天天进步；小人丢掉那些可以自己决定的事情，而指望那些由上天决定的东西，所以天天退步。因此君子日日进步的原因与小人日日堕落的原因本质上都一样，都是一个“慕”字，但各自羡慕和关注的东西不一样，君子、小人相差悬殊的原因，就在这里。

星队、木鸣[①]，国人皆恐。曰：是何也？曰：无何也[②]，是天地之变，阴阳之化，物之罕至者也。怪之，可也；而畏之，非也。夫日月之有蚀，风雨之不时，怪星之党见[③]，是无世而不常[④]有之。上明而政平，则是虽并世起，无伤也。上暗而政险[⑤]，则是虽无一至者，无益也。夫星之队、木之鸣，是天地之变，阴阳之化，物之罕至者也。怪之，可也；而畏之，非也。

【注释】

①队(zhuì)：坠落。后作“坠”。木鸣：社鸣。社：土地神。古代乡里立社(祭祀社神之所)，种植适合在该地生长的树木。古人认为社木发出声响预兆有变异。　②无何：没有什么重要的事情。　③怪星：指扫帚星，象征不好的现象。党：通“傥”，偶然，意外地。见：同“现”。　④常：通“尝”，曾经。⑤上暗而政险：暗，昏昧、愚昧，这里指统治者。险：险恶，指暴虐。

【译文】

流星坠落、树木发响，人们都感到恐惧，说：这是什么回事呢？回答说：这没有什么，只是由于天地间阴阳二气的变化，事物中不常出现的现象罢了。人们感到奇怪很正常；但害怕它，就不应该了。日月有阴晴圆缺的变化，风雨会有不调，奇怪的星星也会偶尔出现，这些不好的现象没有哪个时代不曾有过。如果君王英明而政局稳定，那么这些现象即使同时出现，也没有什么大碍；如果君主愚昧而政治险乱，那么这些现象即使都没有，也无济于事。流星的坠落、树木的发响，都是天地阴阳的变化而致、事物中很少出现的现象，人们感到奇怪很正常；但害怕它并不可取。

雩而雨，何也？曰：无何也，犹不雩而雨也[①]。日月食而救之[②]，天

旱而雩，卜筮然后决大事[③]，非以为得求也，以文之也。故君子以为文，而百姓以为神。以为文则吉，以为神则凶也。

【注释】

①雩(yú)：古代为求雨而举行的祭祀。雨(yù)：下雨。　②日月食而救之：古人以为日食、月食是"天狗"把日、月吞食了，所以敲盆击鼓来吓跑"天狗"以抢救日、月。　③卜筮：古代用龟甲占吉凶叫卜，用蓍草占吉凶叫筮，合称卜筮。

【译文】

祭神求雨就下雨，怎么回事呢？回答说：这没有什么，它与未曾祭神而下的雨一样。日食、月食出现的时候，人们就营救它们；天旱的时候，人们就祭神求雨；占卜算卦然后决定大事；古人并不是想要借这些做法来祈求所得到的东西，而只是借用它们来美化政事（表示关切百姓灾害，慰问百姓的愿望和表达）罢了。所以君子把其看做出于文饰，老百姓却看成是神的旨意。把它们看做一种文饰则无害，把它们看做神的旨意则凶险。

在天者莫明于日月，在地者莫明于水火，在物者莫明于珠玉，在人者莫明于礼义。故日月不高，则光晖不赫[①]；水火不积，则晖润不博[②]；珠玉不睹乎外[③]，则王公不以为宝；礼义不加于国家，则功名不白[④]。故人之命在天，国之命在礼。君人者，隆礼尊贤而王，重法爱民而霸，好利多诈而危，权谋倾覆幽险而尽亡矣[⑤]。

【注释】

①光晖不赫：晖，光辉。赫，显明。　②晖润不博：晖，照耀；辉映。润，滋润，湿润。　③睹：当作"睹"，是光彩显露的意思。　④礼义不加于国家，则功名不白：加，施行。白，显着。　⑤权谋倾覆幽险而尽亡矣：权谋，弄权使谋。倾覆，反覆无信义。幽险，阴险，阴暗而险陂。

【译文】

在天上没有什么比日、月更明亮的了，在地上没有什么比水、火更明亮的了，在万物中没有什么比珍玉更明亮的了，在人类社会中没有什么比礼义更光明的了。日月不高悬，那么它们的光辉就不耀眼；水、火如果不厚积，那么火的光辉、水的光泽就不博大；珠玉的光彩如果不显露，那么王公就不会把它们当做宝物，礼义如果不施行于国家，那么功业和名声就不会得到宣扬。所以人的命运在于上天，国家的命运在于礼义。统治人民的君主，如果推崇礼义、尊重人才，就能称王而治理天下；注重法治、爱护百姓，就能称霸诸侯；而贪图财利、惯于欺诈，就会陷入危险的境地；玩弄权术反复无常、背信弃义并且阴暗险恶，就会彻底灭亡。

大天而思之，孰与物畜而制之①！从天而颂之，孰与制天命而用之②！望时而待之，孰与应时而使之③！因物而多之，孰与骋能而化之④！思物而物之，孰与理物而勿失之也⑤！愿于物之所以生，孰与有物之所以成⑥！故错人而思天⑦，则失万物之情⑧。

【注释】

①大天：尊大天。思，思慕。孰与：何如，怎么比得上。物畜：畜物。制：裁制。　②颂：颂扬；赞美。制天命而用：裁制天之所命而我用之。　③使：使令，役使。此句意为：盼望秋收时节而坐享其成，不如顺应春生夏长的时令做好耕种管理工作。　④因：任随。多：以之为多。骋：施展，发挥。化：化生，这里有化少为多的意思。　⑤思物而物之：思虑万物以据为己有。理物而勿失：理，治理，操理。操理已有之物而保持不失。　⑥以：通“已”。有：通“佑”。　⑦错：通“措”，搁置。　⑧失：违背，背离。万物之情：万物的实情。

【译文】

尊大天而思慕于它，怎么比得上把它作为物资积蓄起来而加以裁制呢？顺从天而颂扬它，怎么比得上掌握自然规律而对它加以利用呢？盼望天时而等待它，怎么比得上因时制宜而使之为我所用呢？因物而美其多，怎么比得上施展人的才能而使它们根据人们的需要从少变多呢？思慕外物而想把它们据为己有，怎么比得上顺理已有之物而保持不失呢？希冀了解万物产生的原因，怎么比得上把握万物之所以演变生成的规则呢？所以放弃人事而寄希望于天，就背离了万物的实际情况。

延伸阅读

天人有分与天人相胜

与孟子不同，荀子强调天人的分别，他说：

“天行有常，不为尧存，不为桀亡。应之以治则吉，应之以乱则凶。强本而节用，则天不能贫；养备而动时，则天不能病；修道而不贰，则天不能祸。……本荒而用侈，则天不能使之富；养略而动罕，则天不能使之全；倍道而妄行，则天不能使之吉。……故明于天人之分，则可谓至人矣。”(《天论》）天人有分，社会治乱在人不在天。荀子又说：

“不为而成，不求而得，夫是之谓天职。如是者虽深，其人不加虑焉；虽大，不加能焉；虽精，不加察焉。夫是之谓不与天争职。天有其时，地有其财，人有其治。夫是之谓能参。”（同上）天人各有职任，人应尽力完成自己的职任，不必考虑天职。荀子虽然强调“天人之分”，却也不否认天与人有统一的关系，他说：

“形具而神生，好恶喜怒哀乐臧焉，夫是之谓天情；耳目鼻口形能各有接而不相能也，夫是之谓天官；心居中虚以治五官，夫是之谓天君。”（同上）人的情绪、感官、心知，都是自然而然的，都是天所生成的，所以称为天情、天官、天君。人中有天，由于人是天所生成的。荀子区别天与人，主要是断言自然变化与社会治乱并无必然联系，但仍然承认人是自然界的一部分。

唐代刘禹锡提出天人相胜的学说，他说：

“大凡人形器者，皆有能有不能。天，有形之大者也；人，动物之尤者也。天之能，人固不能也；人之能，天亦有所不能也。故余曰：天与人交相胜耳。”（《天论》上）天与人各有其特殊的功能。从一方面说，天胜于人；从另一方面说，人胜于天。刘氏进一步解释道：

“天之道在生植，其用在强弱。人之道在法制，其用在是非。……壮而武健，老而耗眊，气雄相君，力雄相长，天之能也。……义制强讦，礼分长幼，佑贤尚功，建极闲邪，人之能也。”（同上）天的功能是生成万物，人的功能是建立制度。在天，力强的胜过力弱的；在人，确立行为的准则，有德有功的受到尊重。自然界只有强弱之分，无是非可言；在人类社会，建立了是非的标准，与自然界不同了。刘氏又说：

“天之所能者，生万物也；人之所能者，治万物也。……无恒执其所能以临乎下，非有预乎治乱云尔；人恒执其所能以仰乎天，非有预乎寒暑云尔。”（同上）天人各有一定的功能，是不相互干预的。

刘禹锡更提出一个独特的观点，即将“天理”与“人理”区别开来。他以旅行为比喻，解释道：

“夫旅者群适乎莽苍，求休乎茂木，饮乎水泉，必强有力者先焉。否则虽圣且贤莫能兢也。斯非天胜乎？群次乎邑郛，求荫于华榱，饱乎饩牢，必圣且贤者先焉。否则强有力莫能兢也。斯非人胜乎？……是非有焉，虽在野，人理胜也。是非亡焉，虽在邦，天理胜也。（《天论》中）在自然界的情况，有力者占先，这是所谓天理；在人类社会，有德者居先，这是所谓人理。天理即是自然规律，人理即是社会生活的准则。刘禹锡初步认识到社会生活与自然界情况的区别。

天理一词，首见于《庄子·养生主》篇，又见于《礼记·乐记》篇。《乐记》说：“人生而静，天之性也；感于物而动，物之欲也。物至知知，然后好恶形焉。好恶无节于内，知诱于外，不能反躬，天理灭矣。夫物之感人无穷，而人之好恶无节，则是物至而人化物也。人化物也者灭天理而穷人欲者也。”《乐记》把天理与人欲对立起来，对宋明哲学影响很大。刘禹锡的见解不同于《乐记》，以为人理高于天理，这是刘氏独有的思想。《乐记》所谓天理指最高的普遍的道德原则；刘禹锡所谓天理则指自然规律。刘禹锡区别了自然规律与社会生活的准则，这一点具有深刻的意义，在中国思想史上独放异彩，可惜没有发生显著的影响。

（节选自张岱年《中国哲学大纲》第二部分）

问题与讨论

1. 你如何理解荀子的“天”的含义？它与孟子、庄子的“天”的含义有何不同？

2. 你如何理解荀子的“天”与“人”的关系？你认为荀子重视天人关系的背后有什么实践关怀？

第三节　礼论

礼起于何也？曰：人生而有欲，欲而不得，则不能无求，求而无度量分界，则不能不争。争则乱，乱则穷①。先王恶其乱也，故制礼义以分之，以养人之欲，给人之求②。使欲必不穷乎物，物必不屈于欲，两

者相持而长[3]。是礼之所起也。

【注释】

①穷:困窘;窘急。这里指社会陷入困顿。　②分(fèn):分际,合适的界限。这里作动词,表示确定分际,即划定各人的地位职分。养:奉养。给:供给。　③屈(jué):竭尽,穷尽。持:制约。长:增长。

【译文】

礼是从哪里起源的呢？回答说：人生来就有欲望；如果想要什么而得不到，就不能没有欲求；如果一味求取而没有分寸和限度，就不能不发生争夺；争夺就会发生混乱，混乱就会陷入困境。古代的圣王不希望人们混乱，所以制定了礼义来划定人们的分界，以此来调节人们的欲望、满足人们的需求，使人们的欲望决不会因为物资的不丰富而不得满足，物资也决不会因为人们的欲望没有限制而枯竭，使物资和欲望两者相互牵制而得到（合理地）发展。这就是礼义兴起的原因。

凡礼,始乎棁,成乎文,终乎悦校[1]。故至备,情文俱尽[2];其次,情文代胜[3];其下,复情以归大一也[4]。天地以合,日月以明,四时以序,星辰以行,江河以流,万物以昌,好恶以节,喜怒以当[5];以为下则顺,以为上则明,万变不乱,贰之则丧也[6]。礼岂不至矣哉！立隆以为极[7],而天下莫之能损益也。本末相顺,终始相应,至文以有别,至察以有说[8],天下从之者治,不从者乱,从之者安,不从者危,从之者存,不从者亡。小人不能测也。

【注释】

①棁:通"脱",疏略。文:文饰,指礼节仪式。校:通"恔"(xiào),快意,满意。　②至备:极完备。情:感情,指礼仪所要表达的感情;或说为情实、本性。文:指礼的节文。　③代:交替,轮流。情文代胜:或者情胜过文,或者文胜过情。　④复情以归大一也:复情,反其本性。大一,太一。　⑤以:依凭,由于。　⑥贰:不专一,背叛。以上几句押韵,韵脚是"明""行""昌""当""明""丧"。　⑦立隆以为极:隆,隆盛之礼。极,最高准则、标准。⑧以:犹而。说:论说。

【译文】

凡礼，开始于疏略，成功于仪文，归结于使人满足、高兴。所以最完备的礼，所要表达的感情和礼节仪式都得到极致；其次，是所要表达的感情和礼节仪式各有偏胜；再其次，（文虽不备，但是能）使所要表达的感情回到原始之质朴。天地因之以和，日月因之而明；四季因之有序，星辰因之运行；江河因之而奔流入海，万物因之而繁荣昌盛；爱憎因之而有节，喜怒因之而得当；依从它做下民的则和顺；做君主的则能通达英明；事物千变万化而不混乱，但如果背离了它就会丧失一切。礼岂不是极致的准则吗？圣人隆礼而把它作为最高的准则，而天下没人能增减改变它。这套礼制，根本原则和具体细节互不抵触，人生终始的礼仪互相应合；极其美善而有所区别，极其明察而有其意义。天下遵循礼的国家就治理得好，不遵循礼国家就紊乱；遵循礼的国家就安泰，不遵循礼的国家危殆；遵循礼的国家就获得生存，不遵循礼的国家就会遭受灭亡。（礼的这些重大意义）小人是不能理解到的。

礼者，谨于治生死者也。生，人之始也；死，人之终也。终始俱善，人道毕矣。故君子敬始而慎终；终始如一，是君子之道，礼义之文也。夫厚其生而薄其死，是敬其有知而慢其无知也，是奸人之道而倍叛之心也①。君子以倍叛之心接臧谷②，犹且羞之，而况以事其所隆亲乎！故死之为道也，一而不可得再复也③，臣之所以致④重其君，子之所以致重其亲，于是尽矣。故事生不忠厚，不敬文，谓之野；送死不忠厚，不敬文，谓之瘠⑤。君子贱野而羞瘠。

【注释】

①倍：通“背”。倍叛之心：别人活着时能敬重他，他一死就怠慢他，这就是背叛，所以说是“倍叛之心”。 ②臧谷：臧：奴隶，仆婢。谷：小孩。③死之为道也，一而不可得再复也：道：事理，规律。一而不可得再复：只能有一次而不能够再来一次。 ④致：集中心、力于某一方面。 ⑤敬文：注重礼节、仪式。瘠：菲薄，简约。

【译文】

礼是谨于处理人之生与死的。生，是人生的开始；死，是人生的终结。

终结和开始都处理得好，那么人之道也就完备了。所以君子谨于处始，慎于处终。对待这终结与开始一样重视，这是君子的原则，是礼义的规定。厚其生而薄其死，这是敬重其有知觉而怠慢其无知觉，这是奸人之行事和背叛之心肠。君子对于拿背叛别人的心肠去对待奴仆、儿童，尚且感到羞耻，更何况是用其来事奉自己所尊重的君主和亲爱的父母呢！再说死亡作为一条律则，就是每人只能死一次而不可能再重复一次生命，所以臣子要表达对君主的敬重，子女要表达对父母的敬重，到死这个时候也就到头了。所以生时侍奉不忠诚笃厚、不恭敬有礼，就称之为粗野；死后送终不忠诚笃厚、不恭敬有礼，就称之为不淳厚。君子鄙视粗野而以不淳厚为耻。

礼者，断长续短，损有余，益不足，达爱敬之文，而滋成行义之美者也[①]。故文饰粗恶，声乐哭泣，恬愉忧戚，是反也；然而礼兼而用之，时举而代御。故文饰声乐恬愉，所以持平奉吉也[②]；粗恶哭泣忧戚，所以持险奉凶也。故其立文饰也，不至于窕冶[③]；其立粗恶也，不至于瘠弃[④]；其立声乐恬愉也，不至于流淫惰慢；其立哭泣哀戚也，不至于隘慑伤生[⑤]；是礼之中流[⑥]也。

【注释】

①达：表达。滋成：蓄兹而成，有助成、增成的意思。　②持：保持，护持。奉：侍奉，与“持”意义互文。　③窕冶：窕：(yáo)，过分；虚夸。冶：妖艳。　④瘠弃：犹毁瘠。谓哀伤过度而消瘦。　⑤隘慑：当为“嗌塞”，气不通利。　⑥礼之中流：礼之中道。

【译文】

礼，截长补短，减损有余者、补益不足者，是表达爱敬之情的节文而能助成行义之美善的。所以文饰和粗陋，音乐和哭泣，愉快和忧愁，这些都是相反的；但是礼对它们兼而用之，以时发动而迭相为用。文饰、音乐、愉快，是用来奉持平安和吉祥之事的；粗陋、哭泣、忧愁，是用来奉持凶恶和不幸之事的。所以礼在树立文饰时，不至流入妖冶；在主张粗陋时，不会弄到毁伤形体的地步；在主张音乐、恬愉的规范时，不会弄到放荡懈怠的地步；在确立哭泣、哀痛的规范时，不至陷入伤气、害生的地步。这就是礼的中道。

故曰：性者，本始材朴也[1]；伪[2]者，文理隆盛也。无性则伪之无所加；无伪则性不能自美。性伪合，然后成圣人之名，一天下之功于是就也[3]。故曰：天地合而万物生，阴阳接而变化起，性伪合而天下治。天能生物，不能辨物也[4]；地能载人，不能治人也；宇中万物，生人之属，待圣人然后分也[5]。《诗》曰："怀柔百神，及河乔岳[6]。"此之谓也。

【注释】

①朴：未经加工成器的木材。　②伪：人为。　③一天下之功于是就也：一：齐一；联合。就：完成；成功。　④辨(bàn)："办"的古字，治理。　⑤分：次，安排。犹如《中庸》所言"天地位焉，万物育焉"和《易·乾·彖传》所言"乾道变化，各正性命"。　⑥引诗见《诗·周颂·时迈》。高山。乔岳：本指泰山，后成泛称。

【译文】

所以说：人的自然本性，就像是原始的未经加工过的木材；人之后天的作为，则体现在礼节仪式的隆重盛大。没有本性，那么后天作为无所施加；没有后天作为，本性不能自行趋于美善。本性和修为互相结合，然后才能成就圣人的名声，和同天下的功业因此而能成就。所以说：天地和合则万物生长；阴阳相接则变化兴起；性伪相合则天下平治。天能生养万物，但不能治理万物；地能负载人民，但不能治理人民；世间万物和生民，待圣人安排后才能各得其分。《诗》云："安抚所有的鬼神，以及黄河和泰山。"就是说的这个事情啊。

丧礼者，以生者饰死者也，大象[1]其生以送其死也。故如死如生，如亡如存，终始一也[2]。……故丧礼者，无它焉，明死生之义，送以哀敬而终周藏也。故葬埋，敬藏其形也；祭祀，敬事其神也；其铭诔系世[3]，敬传其名也。事生，饰始也；送死，饰终也；终始具而孝子之事毕，圣人之道备矣。

【注释】

①象：模拟。　②如死如生，如亡如存，终始一也：犹如《中庸》所言"事

死如生、事亡如存”。如：一说全部解为“若”，即“无论”的意思；或说“于死如生，于亡如存”。　③铭：刻在钟鼎等器物上记述生平功德的文字。诔：累述死者功德以示哀悼的文字。系世：指记载世系的谱牒。

【译文】

丧葬的礼仪，就是按照活人的情形来对待死人，大致地摹拟其有生之时，以送其终。所以事死如事生，事亡如事存，终始一致。……所以，丧礼之用意无他，不过为了彰明生死的意义，以悲哀恭敬的心情去遣送死者而最后把它周到地掩埋好。所以埋葬，就是恭敬地掩藏死者的躯体；祭祀，就是恭敬地侍奉死者的灵魂；那些铭刻、诔辞、传记家谱，是在恭敬地传述死者的名声。事奉降生，是装饰人生的开始；葬送死者，是装饰人生的终结。从生到死，都能做到礼的要求，孝子的责任就算完成了，圣人之道也就实现了。

祭者，志意思慕之情也。愅诡唈僾[①]而不能无时至焉[②]。故人之欢欣和合之时，则夫忠臣孝子亦愅诡而有所至矣。彼其所至者，甚大动也；案屈然已[③]，则其于志意之情者惆然不嗛[④]，其于礼节者阙然不具。故先王案为之立文，尊尊亲亲之义至矣。故曰：祭者，志意思慕之情也。忠信爱敬之至矣，礼节文貌之盛矣，苟非圣人，莫之能知也。圣人明知之，士君子安行之，官人以为守[⑤]，百姓以成俗。其在君子，以为人道也；其在百姓，以为鬼事也。……哀夫！敬夫！事死如事生，事亡如事存，状乎无形影，然而成文[⑥]。

【注释】

①愅(gé)诡：愅，变也；诡，异也，都是变异感动的样子。唈僾(yìài)：唈：抑郁的样子。僾：气不顺畅。心里郁悒而呼吸不畅的意思。　②无时至焉：不定时，随时。至：到达，引申指表达出来。　③案：语气词。屈(jué)：竭尽，穷尽。已：停止、完毕。　④惆然：惆怅，伤感。嗛(qiè)：通“慊”。满足；快意。　⑤守：职守。　⑥状：类似，好像。无形：祭祀不见鬼神，故说其有类于“无形”。

【译文】

祭祀，是怀念思慕之心意的表现。人之感动、忧郁不免猝然而至。人们欢欣鼓舞和睦相处的时候，那些忠臣孝子的感伤之情亦将不期而发（思念君王、亲人不得同享欢乐）。他们情感发露时，甚为激动；如果空然无所表达（没有表达心意的方式），那么他们在志意方面就会感到惆怅而空虚，在礼节方面也会欠缺而遵守不周。所以古代的圣王为这种情况制定了祭祀的礼仪制度，这样，人之尊崇君主、亲爱父母的道义就能表达了。所以说：祭祀，是心意思慕之情的体现。忠信敬爱于是而极，礼节仪式于是而盛。如果不是圣人，没人能懂得这一点的。圣人清楚地理解祭祀的意义，士君子安然地进行祭祀，官吏把它作为职守，百姓行之而成为风俗。它在君子那里，被当做人事的一种规范；在百姓那里，被当做侍奉鬼神的事。……悲哀啊！恭敬啊！事死如事生，事亡如事存，其所侍奉者似乎无形无影，然而足以成为人类社会中的一种礼仪制度。

延伸阅读

谭嗣同“排荀”

孔之不幸，又不宁唯是。……况其学数传而绝，乃并至粗极浅者，亦为荀学搀杂，而变本加厉，胥失其真乎。孔学衍为两大支：一为曾子传子思而至孟子，孟故畅宣民主之理，以竟孔之志；一由子夏传田子方而至庄子，庄故痛诋君王，自尧、舜以上，莫或免焉。不幸此两支皆绝不传，荀乃乘间冒孔之名，以败孔子之道。曰：“法后王，尊君统。”以倾孔学也。曰：“有治人，无治法。”阴防后人之变其法也。又喜言礼乐政刑之属，唯恐钳制束缚之具之不繁也。一传而为李斯，而其为祸亦暴著于世矣。然而其为学也，在下者术之，又疾遂其苟富贵取容悦之心，公然为卑谄侧媚奴颜婢膝而无伤于臣节，反以其助纣为虐者名之曰“忠义”；在上者术之，尤利取以尊君卑臣愚黔首，自放纵横暴而涂锢天下之人心。……故常以为二千年来之政，秦政也，皆大盗也；二千年来之学，荀学也，皆乡愿也。唯大盗利用乡愿；唯乡愿工媚大盗。二者交相资，而罔不托之于孔。被托者之大盗乡愿，而责所托之孔，又乌能知孔哉？

方孔之初立教也，黜古学，改今制，废君统，倡民主，变不平等为平等，亦汲汲然动矣。岂谓为荀学者，乃尽亡其精意，而泥其粗迹，反授君主以莫大无限之权，使得挟持一孔教以制天下。……彼为荀学而授君主以权，而愚黔首于死，虽万被戮，岂能赎其卖孔之辜哉？

荀卿生孟子后，倡法后王而尊君统，务反孟子民主之说，嗣同尝斥为乡愿矣。然荀卿究天人之际，多发前人所未发，上可补孟子之阙，下则衍为王仲任（编者注：王充）之一派，此其可非乎？

（节选自《谭嗣同全集》）

问题与讨论

1. 你认为礼的起源、依据是什么？它和我们今天所倡导的法制社会有什么关联？

2. 你如何理解祭拜祖先、丧葬活动的“礼”？你认为今天丧祭活动有没有“礼”的规范在里面？古代的礼仪规范在今天的社会中有无保留的必要？如有，应该如何保留？

第四节　性恶

人之性恶，其善者伪①也。今②人之性，生而有好利焉，顺是，故争夺生而辞让亡焉；生而有疾恶焉③，顺是，故残贼生而忠信亡焉；生而有耳目之欲有好声色焉，顺是，故淫乱生而礼义文理④亡焉。然则从人之性，顺人之情，必出于争夺，合于犯分乱理而归于暴。故必将有师法之化，礼义之道⑤，然后出于辞让，合于文理，而归于治。用此观之，然则人之性恶明矣，其善者伪也。

【注释】

①伪：人为。　②今：犹“夫”，发语词。③疾：通“嫉”，憎恨。恶：厌恶。　④文理：礼仪。　⑤化：教化。道：同“导”。

【译文】

人从本性上说是邪恶的，他们那些善良的表现是出于人为的。

人的本性，一生下来就有喜爱财利之心理，纵容这种人性，那么争抢掠夺就会产生而推辞谦让就消失了；一生下来就有忌恨嫌恶的心理，纵容这种人性，那么残杀伤害就出现而忠诚守信就消失了；一生下来就有耳朵、眼睛的贪欲，具有喜欢音乐、美色的本能，纵容这种人性，那么淫荡混乱就产生而礼义法度就消失了。这样，任其本性，顺其情欲，人与人之间就一定会出现争抢掠夺、违反等级名分、扰乱礼义法度的情况，最终导致社会秩序的混乱。因此必须要有师长和法度的教化、礼义的引导，这样人们才会有谦让的行动，遵守礼法，而最终归于大治。由此看来，那么人的本性邪恶是很明显的，他们那些善良的行为其实是人为的。

故枸木必将待檃栝烝矫然后直[①]，钝金必将待砻厉然后利[②]。今人之性恶，必将待师法然后正，得礼义然后治。今人无师法，则偏险而不正；无礼义，则悖乱而不治。古者圣王以人之性恶，以为偏险而不正，悖乱而不治；是以为之起礼义、制法度，以矫饰人之情性而正之，以扰化人之情性而导之也[③]。使皆出于治，合于道者也。今之人，化师法、积文学[④]、道礼义者为君子，纵性情、安恣睢而违礼义者为小人。用此观之，然则人之性恶明矣，其善者伪也。

【注释】

①枸(gōu)：通“钩”，弯曲。檃栝(yǐn kuò)：矫正木材弯曲的器具。揉曲叫檃，正方称栝。烝(zhēng)：同“蒸”，用蒸气加热，这是为了使被矫正的木材柔软以便矫正。　②金：金属之器。砻(lóng)厉：磨石。　③饰：通“饬”，整治。扰：顺。　④文学：学问。

【译文】

所以弯曲的木材一定要通过矫正木材的工具进行熏蒸、矫正，然后才能变直；不锋利的金属器具一定要通过磨石的磨砺，然后才能变得锋利。人的本性邪恶，必定要依靠师长和法度的教化才能端正，得到礼义的导引才能治理好。人如果没有师长和法度，就会偏邪而不端；没有礼义，就会悖逆作乱而不守秩序。古代圣明的君王由于人的本性邪恶，由于人们的偏邪险恶而不端正、悖逆作乱而不守秩序，因此为人们建立了礼义、制定了法度，借以矫正整治人们的性情而使他们端正，借以驯服感化人们的性情而引导他们，使他们都能遵守秩序、合乎道德礼义。现在的人，被师长和法度所感化，积累了学问、遵守了礼义，就成为了君子；而那些纵情任性、经常胡作非为而违背礼义的，就成为了小人。由此看来，人的本性邪恶就很明显了，他们那些善良的行为则是人为的。

孟子曰：“人之学者，其性善。[①]”

曰：是不然。是不及[2]知人之性，而不察乎人之性伪之分者也。凡性者，天之就也，不可学，不可事[3]。礼义者，圣人之所生也，人之所学而能，所事而成者也。不可学、不可事而在人者，谓之性；可学而能、可事而成之在人者，谓之伪；是性伪之分也。今人之性，目可以见，耳可以听。夫可以见之明不离目，可以听之聪不离耳；目明而耳聪，不可学明矣。

【注释】

①此处引文，不见于今本《孟子》。孟子认为，人的学习和修养的目的是，使自己本身固有的天性之善在现实生活中扩充表现出来。　②及：达到，够。　③事：从事，做。

【译文】

孟子说："人们要学习的，就是那善良的本性。"

我说：这是不对的。这是未能够了解人的本性，而且也不明白人的先天本性和后天人为之的区别。一般说来，本性是天然生就的，是不可能学到的，是不可能勉励从事而成的。礼义，是圣人所创建的，是人们通过学习而能够努力做到的。人身上不能通过学习、不能改变的东西，叫做本性；人身上可以通过学习能够改变、得到的东西，叫做（后天的）人为；这就是先天本性和后天人为的区别。人的本性，眼睛可以视物，耳朵可以听声。能够看见事物的视力离不开眼睛，可以听到声音的听力离不开耳朵。眼睛的视力和耳朵的听力是不可能学到的，这是非常清楚的。

孟子曰："今人之性善，将皆失丧其性故也[1]。"

曰：若是则过矣。今人之性，生而离其朴，离其资[2]，必失而丧之。用此观之，然则人之性恶明矣。所谓性善者，不离其朴而美之，不离其资而利之也；使[3]夫资朴之于美，心意之于善，若夫可以见之明不离目，可以听之聪不离耳。故曰：目明而耳聪也[4]。

【注释】

①将：犹"必"。一说"故"下当有"恶"字。一说上句"性善"当作"性恶"。②资：天赋；天资。　③使：致使；让。　④"所谓性善者……故曰：目明

而耳聪也”：或说这几句据文义当在“若是则过矣”之后，其实不移动位置，文意亦通。

【译文】

孟子说：“人的本性是善良的，他们作恶都是由于丧失了本性的缘故啊。”

我说：这种说法不对。如果人的本性是这样的：（那么人）生来就会脱离他的朴素资质，必定会丧失它的美德和善良，由此看来，那么人本性邪恶就很清楚了。所谓人的本性善良，应该是指不离开他的材质而觉得他很美，不离开他的资质而觉得他很好，那天生的资质、意念和美、善的关系，就和视力离不开眼睛、听力离不开耳朵一样。所以说资质的美和心性的善良，就和眼睛的视力和耳朵的听力一样（才能说是性善）。

今人之性，饥而欲饱，寒而欲暖，劳而欲休，此人之情性①也。今人饥，见长而不敢先食者，将有所让也；劳而不敢求息者②，将有所代也。夫子之让乎父，弟之让乎兄；子之代乎父，弟之代乎兄；此二行者，皆反于性而悖于情也；然而孝子之道，礼义之文理也。故顺情性则不辞让矣，辞让则悖于情性矣。用此观之，然则人之性恶明矣，其善者伪也。

【注释】

①情性：本性。　　②“劳”下承上省“见长”两字。

【译文】

人的本性，在于饿了想要吃饱，冷了想要穿暖，累了想要休息，这些都是人的本性。现在人饿了，看见父亲兄长而不敢先吃，这是因为要有所谦让；累了，看见父亲兄长而不敢先休息，这是因为要有所代劳。儿子对父亲谦让，弟弟对哥哥谦让；儿子代替父亲操劳，弟弟代替哥哥操劳；这两种行为，都是违背人的本性和情理的，但却是孝子的原则、礼义的规范。所以依顺人之情性就没有了推辞谦让，推辞谦让则是违背了人的本性。由此看来，人本性邪恶就很明显了，那些善良的表现则是后天人为的。

问者曰：“人之性恶，则礼义恶①生？”

应之曰：凡礼义者，是生于圣人之伪，非故②生于人之性也。故陶

人埏埴而为器[③]，然则器生于工人之伪，非故生于人之性也。故工人斲木而成器，然则器生于工人之伪，非故生于人之性也。圣人积思虑、习伪故[④]，以生礼义而起法度，然则礼义法度者，是生于圣人之伪，非故生于人之性也。若夫目好色，耳好声，口好味，心好利，骨体肤理好愉佚[⑤]，是皆生于人之情性者也；感而自然，不待事而后生之者也[⑥]。夫感而不能然，必且待事而后然者谓之生于伪。是性伪之所生，其不同之征也[⑦]。故圣人化性而起伪，伪起而生礼义，礼义生而制法度。然则礼义法度者，是圣人之所生也。故圣人之所以同于众其不异于众者，性也；所以异而过众者，伪也。夫好利而欲得者，此人之情性也。假之人有弟兄资财而分者，且顺情性——好利而欲得，若是则兄弟相拂夺矣[⑧]；且化礼义之文理，若是则让乎国人矣[⑨]。故顺情性则弟兄争矣，化礼义则让乎国人矣。

【注释】

①恶(wū)：表示疑问，相当于"何"、"怎么"。　②故：通"固"，本，本来。③故：犹"夫"。埏(shān)：用水和(huó)土。埴(zhí)：粘土。　④故：事，事情。　⑤肤理：皮肤的纹理。佚：同"逸"，安闲。　⑥事：从事。⑦征：证明；证验。　⑧假之：假若。弟兄资财："弟兄"二字为衍文。且：犹"若"。拂：随击随过；掠击。拂夺即掠夺。　⑨化：受感化；受感染。

【译文】

有人问："如果人的本性是恶的，那么礼义是从哪里产生的呢？"

我回答他说："所有的礼义，都产生于圣人的作为，而不是产生于人的本性。所以，制作陶器的人，搅拌揉打粘土而制成陶器，那么陶器就产生于陶人的后天的劳动制作，而非直接产生于陶人的本性。木工砍削木材而制成木器，那么木器就产生于木工的制作，而非直接产生于木匠的本性。圣人深思熟虑、钻研人事，从而产生了礼义、兴起了法度，那么礼义法度便是产生于圣人的创制、作为，而不是产生于圣人的本性。至于那眼睛喜欢色彩，耳朵爱听音乐，嘴巴爱吃美味，心喜好财利，身体喜欢舒适安逸，这些都是出自于人的本性，受到外物的感触而本然如此，不凭借人的作为就会产生出来的东西。那些接感外物而不能自然产生，必待人之从事然后才能形成的东西，便叫做出于人为。这便是自然本性和后天作为所产生的不同的表现。圣人变化人之本性而兴起后天作为，作为兴起后就产生了礼义，礼义产生后就制定了法度。那么礼义法度这些东西，便是圣人所创制的了。所以，圣人同于众人的地方，是先天的本性；圣人超过众人而不同的地方，是后天的作为。喜爱财利而希望能够得到，是人的本性。假如人们之间要分配资财而顺从他们贪求好处的本性，那样的话，就是兄弟之间也会反目为仇、互相争夺；如果受到礼义规范的教化，这样的话，就是国人之间也会相互推让。所以依顺本性，就会兄弟相争；受到礼义教化，那么国人也会相互推让。”

孟子曰：“人之性善。”

曰：是不然。凡古今天下之所谓善者，正理平治也①；所谓恶者，偏险悖乱②也；是善恶之分也已。今诚以人之性固正理平治邪？则有恶用圣王，恶用礼义矣哉③！虽有圣王礼义，将曷加于正理平治也哉！今不然，人之性恶。故古者圣人以人之性恶，以为偏险而不正，悖乱而不治，故为之立君上之势以临之，明礼义以化之，起法正以治之，重刑罚以禁之④，使天下皆出于治，合于善也。是圣王之治而礼义之化也。今当试去君上之势⑤，无礼义之化，去法正之治，无刑罚之禁，倚而观天下民人之相与也；若是，则夫强者害弱而夺之，众者暴寡而哗之⑥，天下之悖乱而相亡不待顷⑦矣。用此观之，然则人之性恶明矣，其善者伪也。

【注释】

①正：端正；理：合理；平：安定；治：有序。　②偏险：偏颇、邪僻。悖乱：违逆和昏乱。　③诚：果真，如果。有：通“又”。　④势：权力，权势。法正：法政，法制。　⑤今当试：今：若。当试：通“尝试”。　⑥众者暴寡而哗之：众者以喧嚣之势而压制寡。　⑦不待顷：用不了多久。顷：少顷，短时间。

【译文】

孟子说：“人的本性是善良的。”

我说：“此言不然。古往今来所谓的善良，是指端正顺理、安定有序；所谓的邪恶，是指偏颇险僻、悖逆作乱。这便是善和恶的区别。如果真的认为人的本性原来就是端正顺理、安守秩序的话，哪里还会用得着什么圣王和礼义呢？即便有了圣王和礼义，对于那端正顺理安守秩序的人之本性又能增添些什么呢？现在的事实并不是这样，而是人的本性是邪恶的。所以，古时的圣人认为人的本性是邪恶的，以为人是偏邪而不端正、悖逆而不守秩序的，所以为人们树立君主的权势来统治他们，彰明礼义来教化他们，建立法制去管理他们，加重刑罚去约束他们，使天下人都遵守秩序、向往善良。这是圣明帝王大治的道理和礼义的教化。如果尝试去掉君主的权势，没有礼义的教化，废弃法制的管理，不用刑罚的约制，单独地去观察天下百姓的相处；如果这样，那些强者就会侵害并掠夺弱者，人多的就会欺凌并压制人少的，天下人混乱相攻而最终导致灭亡的局面很快就会出现了。由此看来，那么人的本性是邪恶的就很明显了，他们那些善良的行为则是出于后天人为的。”

问者曰："礼义积伪者[①]，是人之性，故圣人能生之也。"

应之曰：是不然。夫陶人埏埴而生瓦，然则瓦埴岂陶人之性也哉[②]！工人斲木而生器，然则器木岂工人之性也哉[③]！夫圣人之于礼义也，辟亦陶埏而生之也[④]，然则礼义积伪者，岂人之本性也哉！凡人之性者，尧舜之与桀跖，其性一也；君子之与小人，其性一也。今将以礼义积伪为人之性邪？然则有[⑤]曷贵尧禹，曷贵君子矣哉！凡所贵尧禹君子者，能化性、能起伪，伪起而生礼义；然则圣人之于礼义积伪也，亦犹陶埏而生之也。用此观之，然则礼义积伪者，岂人之性也哉！所贱于桀跖小人者，从其性、顺其情、安恣睢[⑥]，以出乎贪利争夺。故人之性恶明矣，其善者伪也。

【注释】

①礼义积伪：使积伪为礼义，即通过积为而兴起礼义。"礼义"用作使动词。　②瓦埴：使埴为瓦。　③器木：使木为器。　④辟：通"譬"。　⑤有：通"又"。　⑥睢：放纵暴戾。

【译文】

有人问："能通过持续的后天作为而拥有礼义，这也是人的本性，所以圣人才能创造出礼义来啊。"

我回答说：“这不对。陶工搅拌揉打粘土而制作出陶器，那么把粘土制成瓦器难道是陶工的本性么？木匠砍削木材而造出木器，那么加工木材而制成器具难道是木工的本性么？圣人对于礼义，也就像陶器工人把粘土制成瓦器一样，然则累积人的作为而制定礼义规范，难道是人的本性么？凡是谈到人的本性，圣明的尧、舜和残暴的桀、跖，他们的本性都是一样的；有德的君子和没德的小人，他们的本性也是一样的。如果把人的作为累积制成礼义，并当做人的本性，又何必要推崇尧、禹和君子呢？一般说来，人们所推崇尧、禹、君子的，是他们对自己本性的改造和约束，通过人为的努力，礼义就产生了；既然这样，那么圣人通过累积人们的行为规范而创制礼义，也就像陶工搅拌揉打粘土而生产出陶器一样。由此看来，那么礼义出自于累积人后天的行为，怎么会是人的本性呢？人们之所以鄙视桀、跖、小人，是因为他们顺纵自己的情性，习惯于恣肆放荡，以致做出贪图财利争抢掠夺的暴行来。所以人的本性邪恶就是很明显的了，他们那些善良的行为则是出于后天的作为。

“涂之人可以为禹①。”曷谓也？曰：凡禹之所以为禹者，以其为②仁义法正也。然则仁义法正有可知可能之理。然而涂之人也，皆有可以知仁义法正之质，皆有可以能仁义法正之具③；然则其可以为禹明矣。今以仁义法正为固无可知可能之理邪？然则唯④禹不知仁义法正不能仁义法正也。将使涂之人固无可以知仁义法正之质，而固无可以能仁义法正之具邪？然则涂之人也，且内不可以知父子之义，外不可以知君臣之正。今不然。涂之人者，皆内可以知父子之义，外可以知君臣之正，然则其可以知之质，可以能之具，其在涂之人明矣。今使涂之人者，以其可以知之质，可以能之具，本夫仁义之可知之理、可能之具⑤，然则其可以为禹明矣。今使涂之人伏术为学，专心一志，思索孰察，加日县久⑥，积善而不息，则通于神明，参于天地矣。故圣人者，人之所积而致也。

【注释】

①涂：通“途”。涂之人：路上行走的人，指普通老百姓。禹：这里作为圣贤之人的代表。 ②为：施行，做。 ③质：资质。具：才具。 ④唯：

虽然，纵使。 ⑤本：根据，依据。夫(fú)：那。可知之理、可能之具：依上文当作“可知可能之理”。 ⑥伏：通“服”，从事；致力。加日：累日。县久：历时久长。

【译文】

“普通的路人也可以成为大禹那样的圣人。这话怎么说呢？”

回答说：“一般说来，大禹之所以成为大禹，是因为他施行了仁义法度。既然这样，那么仁义法度是具有可以被知晓、可以被实行的性质，而普通的路人，也都具有可以知晓和实行仁义法度的资具；这样，他们可以成为大禹一样的圣人是很明显的了。如果以为仁义法度本来就没有可以被了解和实行的性质，那么，即使是禹也不能了解和实行仁义法度。如果以为路人本来就没有可以知晓和实行仁义法度的资质，那么，路人将会内不能懂得父子之义，外不能懂君臣之正。而今实际上并不是这样。路人在家里都能懂得父子之义，在外面也能懂得君臣之正的，这样的话，那些可以知晓和实行仁义法度的资质，在普通之人身上的存在也就是很明显的了。如果使普通的路人以其可以知晓和实行仁义法正的资质，去掌握那具有可知可能之理的仁义，那么，他们可以成为大禹也就很明显的了。如果使普通的路人信服道术而学习之，专心致志于深思熟虑，日复一日持之以恒，积累善行而不停息，那就能通于神明，与天地相参了。所以圣人，是一般的人积累善行而可达致的。”

曰：“圣可积而致，然而皆不可积，何也？”

曰：可以而不可使也[①]。故小人可以为君子而不肯为君子，君子可以为小人而不肯为小人。小人君子者，未尝不可以相为也；然而不相为者，可以而不可使也。故涂之人可以为禹，然则，涂之人能为禹，未必然也。虽不能为禹，无害可以为禹。足可以遍行天下，然而未尝有能遍行天下者也。夫工匠农贾，未尝不可以相为事[②]也，然而未尝能相为事也。用此观之，然则可以为，未必能也；虽不能，无害可以为。然则能不能之与可不可，其不同远矣，其不可以相为明矣。

【注释】

①使：迫使，指由别人迫使他去做到。 ②相为事：指工为农事，贾为

匠事。

【译文】

有人说："圣人可以通过积累善行而达致，但是一般人都不能从事于这种积累，为什么呢？"

回答说："可以积累致圣人，而不可以强使他们去做。小人可以成为君子而不肯去做君子，君子可以成为小人而不肯去做小人。小人和君子，未尝不可以互相转化，但是他们没有互相转化，是因为可以做到却不可强使他们去做啊。所以，普通的路人可以成为禹；但是普通的路人能够成为禹，就不一定是这样了。虽然没有能成为禹，但并不妨害可以成为禹。脚可以走遍天下，但是并不曾有走遍天下的人。工匠、农夫、商人，未尝不可以互相掉换职事，然而他们并不曾互相调换职事。由此看来，那么可以做到的未必就能做到；即使不能做到，也不妨碍可以做到。那么，能够不能够与可以不可以，两者差别甚远，他们不可以相互代替，道理是很清楚的。"

繁弱、钜黍[1]，古之良弓也；然而不得排檠[2]，则不能自正。桓公之葱，太公之阙，文王之录，庄君之曶，阖闾之干将、莫邪、钜阙、辟闾[3]，此皆古之良剑也；然而不加砥厉则不能利[4]，不得人力则不能断。骅骝、騹骥、纤离、绿耳[5]，此皆古之良马也；然而必前有衔辔之制，后有鞭策之威，加之以造父之驭[6]，然后一日而致千里也。夫人虽有性质美而心辩知，必将求贤师而事之，择良友而友之。得贤师而事之，则所闻者尧舜禹汤之道也；得良友而友之，则所见者忠信敬让之行也。身日进于仁义而不自知也者，靡使然也[7]。今与不善人处，则所闻者欺诬诈伪也，所见者污漫[8]淫邪贪利之行也，身且加[9]于刑戮而不自知者，靡使然也。传曰："不知其子视其友，不知其君视其左右。[10]"靡而已矣！靡而已矣！

【注释】

①繁弱、钜黍：古代良弓名。 ②排檠(qíng)：矫正弓弩的器具。 ③桓公：齐桓公。葱：剑呈青色，故名"葱"。文王：周文王。录：剑呈绿色，故名"录"。庄君：指楚庄王。曶(hū)：剑光恍惚，故名"曶"。 ④砥厉：同"砥砺"，在磨石上磨。 ⑤骅骝：黑鬣黑尾的赤色骏马，也名枣骝。騹：通"骐"，

青黑色的骏马，其纹路如棋盘，故名。纤离：毛纹细密的黑色骏马，“离”通“骊”。绿(lù)耳：通“騄”。千里马。 ⑥衔辔：马嚼子和马缰绳。鞭策：马鞭子。造父：古之善御者，赵之先祖。因献八骏幸于周穆王。 ⑦靡：摩擦，接触。 ⑧污漫：污秽，卑污；随意，放纵。 ⑨加：施及，加以。这里用作被动。 ⑩西汉学者刘向在其著作《说苑》中作为孔子言论而引述了此两句。

【译文】

繁弱、钜黍，都是古代的良弓；但是不经过矫正器的矫正，就不会自变而正。齐桓公的葱，齐太公的阙，周文王的录，楚庄王的曶，吴王阖闾的干将、莫邪、钜阙、辟闾，这些都是古代的好剑；但是不加以磨砺就不会变得锋利，不得人力就不能斩断东西。骅骝、骐骥、纤骊、绿耳，这些都是古代的良马；但是必须要前有衔辔的控制，后有鞭策的威胁，再加上造父那样的好手的驾驭，然后才能日行千里。人即使有了美好的资质，而且心思明辨，也一定要事贤师而交益友。事贤师，则所听到的就是尧、舜、禹、汤的正道；交益友，则所看到的就是忠诚守信恭敬谦让的行为；自己日进于仁义之道而不自觉，这是环境使他这样的啊。如果和不善之人相处，那么所听到的就是欺骗造谣、诡诈说谎，所看到的就是污秽放荡、淫肆邪恶、贪图财利的行为，自己将要受到刑罚和杀戮而不自知，这也是接触环境使他这样的啊。古书上说：“不了解这个人，就看看他的朋友怎么样；不了解这个君主就看看他身边的人怎么样。”不过是外界的接触罢了！不过是外界的接触罢了！

延伸阅读

儒家的现实主义派：荀子

人的地位

荀子最著名的是他的性恶学说。这与孟子的性善学说直接相反。表面上看，似乎荀子低估了人，可是实际上恰好相反。荀子的哲学可以说是教养的哲学。他的总论点是，凡是善的、有价值的东西都是人努力的产物。价值来自文化，文化是人的创造。正是在这一点上，人在宇宙中与天、地有同等的重要性。正如荀子所说：“天有其时，地有其财，人有其治，夫是谓之能参。”（《荀子·天论》）

孟子说：“尽其心者，知其性也，知其性，则知天矣。”（《孟子·尽心

上》）可见在孟子看来，圣人要成为圣人，必须“知天”。但是荀子则相反，认为：“唯圣人为不求知天。”（《天论》）

荀子认为，宇宙的三种势力：天、地、人，各有自己特殊的职责。“列星随旋，日月递照，四时代御，阴阳大化，风雨博施，万物各得其和以生”（同上），这是天、地的职责。但是人的职责是，利用天地提供的东西，以创造自己的文化。荀子说：“大天而思之，孰与物畜而制之！”（同上）又说：“故错（措）人而思天，则失万物之情。”（同上）照荀子的说法，如果忽视人所能做的一切，就会忘记人的职责；如果敢于“思天”，就会冒充天履行天的职责。这就是“舍其所以参，而愿其所参，则惑矣”。（同上）

人性的学说

人性也必须加以教养，因为照荀子所说，凡是没有经过教养的东西不会是善的。荀子的论点是：“人之性，恶；其善者，伪也。”（《荀子·性恶》）伪，就是人为。照他看来，“性者，本始材朴也；伪者，文理隆盛也。无性则伪之无所加；无伪则性不能自美。”（《荀子·礼论》）

荀子的人性论虽然与孟子的刚好相反，可是他也同意：人人能够成为圣人。孟子说：人皆可以为尧舜。荀子也承认：“涂之人可以为禹。”（《荀子·性恶》）这种一致，使得有些人认为这两位儒家并无不同。事实上不然，尽管这一点表面上相同，本质上大不相同。

照孟子所说，仁、义、礼、智的“四端”是天生的，只要充分发展这四端，人就成为圣人。但是照荀子所说，人不仅生来毫无善端，相反地倒是具有实际的恶端。在《性恶》篇中，荀子企图证明，人生来就有求利求乐的欲望。但是他也肯定，除了恶端，人同时还有智能，可以使人向善。用他自己的话说：“涂之人也，皆有可以知仁、义、法、正之质，皆有可以能仁、义、法、正之具，然则其可以为禹，明矣。”（《性恶》）可见，孟子说人皆可以为尧舜，是因为人本来是善的；荀子论证涂之人可以为禹，是因为人本来是智的。

（节选自冯友兰著《中国哲学简史》第十三章）

问题与讨论

1. 荀子的“性”和“伪”的概念各自指的是什么？
2. 荀子的性恶论和孟子的性善论是否矛盾？你认同性善论还是性恶论？

第五章　韩非子

第一节　韩非与《韩非子》

韩非（约前280—前233），先秦法家思想的集大成者。韩非出身于韩国贵族，与李斯同为荀子的学生。韩非不善言谈，但善著书。韩非曾多次上书韩王，主张变法图强，但未被采纳。他的著作传到秦国后，秦始皇大加赞赏。后来韩非出使秦国，得见秦王。但不久就遭到李斯、姚贾的谗害，被迫自杀于狱中。

韩非系统地发展了一套“法、术、势”结合为用的学说，为当时新生的封建统治者建立君主集权的统一帝国提供了理论根据。韩非认为历史是不断发展变化的，仁义道德适用于古，而不适用于今——“上古竞于道德，中古逐于智谋，当今争于气力”。（《韩非子·五蠹》）韩非认为“当今”之所以“争于气力”的原因在于人口增长太快，而物质生活资料日益缺乏。韩非注意到，社会道德水平发展与物质生活条件有密切的联系。他明确地提出了人性自私的观点，认为这是人与人相互算计的根本原因。因此韩非不重视道德教化在治国中的作用、蔑视儒墨两家的道德说教。但是，韩非并没有完全提倡利己主义，而是主张“居官无私”“去私心，行公义”。

韩非死后，其遗著由后人收集编辑为《韩非子》。今本著录55篇，大致保留了该书原貌。重要的有《孤愤》《五蠹》《说难》《解老》《喻老》《定法》《难势》《杨权》《显学》《六反》《问田》等篇，共十余万言。仅《初见秦》《有度》等少数几篇疑为后人所撰。

关于《韩非》一书比较好的整理注释版本有：

（清）王先慎. 韩非子集解. 北京：中华书局，1998年.

梁启雄. 韩子浅解. 北京：中华书局，2009年.

陈奇猷. 韩非子新校注. 上海：上海古籍出版社，2000年.

第二节　韩非子·难势第四十

慎子[①]曰：飞龙乘云，腾蛇游雾，云罢雾霁，而龙蛇与蚓蚁同矣，

则[②]失其所乘也。贤人而诎[③]于不肖者，则权轻位卑也；不肖而能服于贤者，则权重位尊也。尧为匹夫，不能治三人；而桀为天子，能乱天下；吾以此知势位之足恃，而贤智之不足慕也。夫弩弱而矢高者，激于风[④]也；身不肖而令行者，得助于众也。尧教于隶属[⑤]而民不听，至于南面而王天下，令则行，禁则止。则此观之，贤智未足以服众，而势位足以缶[⑥]贤者也。

【注释】

①慎子：(约前395—约前315)，即慎到，先秦法家代表人物之一。赵国人，早年曾“学黄老道德之术”，是从道家分化出来的法家。慎到在前期法家中以重“势”著称。　②则：以，因为，下二“则”字同。　③诎：屈服，受压抑。　④激于风：被风力推动。　⑤隶属：指百姓。教于隶属：在普通百姓的位置上去教导别人。　⑥缶：应为诎。

【译文】

慎子说：“飞龙乘云而遨翔，腾蛇漂游雾中，然而一旦云消雾散，他们就和蚯蚓蚂蚁一样了，这是因为失去了飞行的凭借。贤能的人有时（不得不）屈从于不肖之徒，那是因为位卑权轻的缘故；不肖之徒有时能让贤能的人服从，那是因为位高权重的缘故。如果尧为一介平民，那他连三个人都管不了；而夏桀做了天子，他就能搅乱天下；我因此知道势位是足以依赖的而贤智则不值得羡慕。弓弩力弱而射出来的箭头飞得很高，那是因为风力鼓荡的缘故；本身无德无能而发布的命令却能付诸实施，那是因为他从众人那里得到了权力的借助。尧处在普通百姓的位置上去教化，民众就不会听，等到他南面称王统治天下时，就能有令即行，有禁即止。由此看来，贤智还不足以屈服民众，而势位却完全可以让贤能的人屈服。

应慎子曰：飞龙乘云，腾蛇游雾，吾不以龙蛇为不托于云雾之势也。虽然，夫释贤而专任势，足以为治乎？则吾未得见也。夫有云雾之势而能乘游之者，龙蛇之材[①]美之也。今云盛而蚓弗能乘也，雾醲[②]而蚁不能游也，夫有盛云醲雾之势而不能乘游者，蚓蚁之材薄也。今桀纣南面而王天下，以天子之威为之云雾，而天下不免乎大乱者，桀纣之材薄也。

【注释】

①材：资质；才能。　　②醲：通"浓"，厚。

【译文】

有人回应慎子说：飞龙乘云，腾蛇驾雾，我并不认为龙蛇是不依靠云雾的托力就能遨游的。即使这样，但却要舍弃有才能的人而只一味依靠权势，能够足以治理好国家吗？这可是我从来没有见到过的。有了云雾的托力就能腾云驾雾飞行，是因为龙蛇本身的资质好；如今浓云密布而蚯蚓并不能乘云飞翔，大雾弥漫而蚂蚁并不能在雾中漂游，有了厚云浓雾的条件而不能腾云驾雾飞行，是因为蚯蚓蚂蚁本身的材质不够。至于说到夏桀、商纣南面称王统治天下，他们把天子的威势作为自己的依托，而天下仍然不免于大乱，这是因为夏桀、商纣的本性材质不好啊。

且其人以尧之势以治天下也，其势何以异桀之势也，乱天下者也。夫势者，非能必使贤者用己，而不肖者不用己也[①]。贤者用之则天下治，不肖者用之则天下乱。人之情性，贤者寡而不肖者众，而以威势之利济[②]乱世之不肖人，则是以势乱天下者多矣，以势治天下者寡矣。夫势者，便治而利乱者也。故《周书》曰："毋为虎傅[③]翼，将飞入邑，择人而食之。"夫乘[④]不肖人于势，是为虎傅翼也。桀纣为高台深池以尽民力，为炮烙以伤民性，桀纣得成肆行[⑤]者，南面之威为之翼也。使桀纣为匹夫，未始行一而身在刑戮矣。势者，养虎狼之心而成暴乱之事者也，此天下之大患也。势之于治乱，本末[⑥]有位也，而语[⑦]专言势之足以治天下者，则其智之所至者浅矣。

【注释】

①己：指代"势"。这句话是说，贤者和不肖者皆可能依托于势。
②济：助。　　③傅：安上，加上。　　④乘：作使动用法，使不肖人乘于势。
⑤得成肆行：得以成其放纵之行。　　⑥末：当作"未"。本未有位：本来没有一定之位。　　⑦语：谈论，议论。

【译文】

再说了，慎子认为尧的权势可以用来治理天下，但尧的权势和桀的权势没有什么不同，结果桀却把天下搞乱了。所谓的权势，并不一定就必须让贤能的人使用它，但一定不能让不肖之徒使用它。贤人用它天下太平，不肖之徒用它天下就会大乱。就从人的本性说，贤智的人少而愚劣的人多，如果用权势的便利来助长那些扰乱社会的愚劣之徒，那么凭借权势扰乱天下的人就会多，凭借权势来平治天下的人就会少。权势，既可有利于平治天下，也容易扰乱天下。所以《逸周书》上说："不要为老虎增添翅膀，否则它飞入城邑，会把人抓来吃了。"让那不肖之徒得到了权势，就是为老虎添上了翅膀。夏桀、商纣建筑高台深池而耗尽民间的人力物力，制作炮烙的酷刑而伤害民众的性命。夏桀、商纣之所以能够胡作非为，是因为他们凭借了天子的权势。假使夏桀、商纣只是平民，那么他们还没有暴行就已经身遭刑戮了。权势就是滋养虎狼之心而酿成暴乱之事的东西，这是天下最大的祸患。权势与国家的治乱本来就没有必然的关系，而慎子的言论却专讲权势就足以治理天下，他的智慧所能达到的认识也太肤浅了。

夫良马固车，使臧获①御之则为人笑，王良②御之而日取③千里，车马非异也，或至乎千里，或为人笑，则巧拙相去远矣。今以国位为车，以势为马，以号令为辔，以刑罚为鞭策，使尧舜御之则天下治，桀纣御之则天下乱，则贤不肖相去远矣。夫欲追速致远，不知任王良；欲进利除害，不知任贤能；此则不知类④之患也。夫尧舜亦治民之王良也。

【注释】

①臧获：古代对奴婢的贱称。　②王良：春秋战国时期晋国的善御者。③取：通"趋"。疾行；奔跑。　④不知类：不知道事物相类的情况，不懂得类推事理。

【译文】

良马和坚固的车，让笨拙的奴才来驾驭就要被人讥笑，而让王良那样的好手去驾驭它则能日行千里。车和马都没有什么不同，有的人驾驭能日行千里，有的人驾驭却被人嗤笑，这是驾驭的技巧相差太远的结果。如果把国家的政权比做车子，把权势比做马，把号令比做缰绳，把刑罚比做鞭策，让尧、舜来驾驭天下就会太平，让桀、纣来驾驭天下就会大乱，这是贤能与不肖相差太远的结果。想要马车跑得快走得远，却不懂得任用王良；想要兴利除害，却不懂得任用贤能；这就是不懂得类推道理的后果。尧、舜也就是好比是管理百姓的“王良”啊。

复应之[①]曰：其人[②]以势为足恃以治官。客[③]曰“必待贤乃治”，则不然矣。夫势者，名一而变无数者也。势必于自然，则无为[④]言于势矣。吾所为言势者，言人之所设也。……夫尧舜生而在上位，虽有十桀纣不能乱者，则势治也；桀纣亦生而在上位，虽有十尧舜而亦不能治者，则势乱也。故曰：“势治者则不可乱，而势乱者则不可治也。”此自然之势也，非人之所得设也。

若吾所言，谓人之所得势[⑤]也而已矣，贤何事[⑥]焉！何以明其然也？客曰：“人有鬻矛与盾者，誉其盾之坚：‘物莫能陷[⑦]也。’俄而又誉其矛曰：‘吾矛之利，物无不陷也。’人应之曰：‘以子之矛，陷子之盾，何如？’其人弗能应也。”以为不可陷之盾与无不陷之矛，为名不可两立也。夫贤之为势不可禁，而势之为道也无不禁[⑧]，以不可禁之贤与无不禁之势，此矛盾之说也。夫贤势之不相容亦明矣。

【注释】

①复应之：这是对于上文责难慎子言论的回应，代表着韩非的真实思想。②其人：指慎到。　③客：指上文驳难慎道言论的人。　④无为：无为，犹无用。　⑤势：作动词，设势。　⑥事：责任，关系。　⑦陷：刺入。⑧贤之为势不可禁：当为“贤之为道不可禁”，与下句同。此二句谓贤人是“势”所不可以禁止的，而“势”作为一种手段又是没有什么不能够被禁止的，所以说二者是矛盾的。

【译文】

我要回应说，慎子认为依靠权势是足可以为政的；而责难慎子的人说“必要依靠贤能的人才能治理”，这是不对的。权势这个东西，名称只有一个，而含义却有很多变化。如果权势一定要出于自然，那么就不用讨论权势了。我所要讨论的权势，是人为设立的。那尧、舜在世且处在君主的势位上，即使有十个桀、纣也不能使天下混乱，这样的权势必然会平治天下；

那夏桀、商纣在世且处在君主的势位上，虽然有十个尧、舜也不能使天下太平，这样的权势必然导致混乱。所以说：如果权势正确，那么就不可能发生混乱；如果权势混乱，那么也不可能平治天下。这都是自然之势，不是人力所能够施为的。

像我说的，是说人能设立的权势罢了，与贤能没有什么关系。怎样证明我的话是对的呢？有个人讲了一个故事，说：“有个卖矛和盾的人，称赞他的坚固的盾时说：‘没有什么东西能刺穿它。’一会儿又称赞他的矛说：‘我的矛很锋利，没有什么东西刺不穿。’有人就回应他：‘用你的矛，刺你的盾，那会怎么样呢？’那个人就无法回答了。”没法刺穿的盾，和没有什么不能刺穿的矛，在逻辑概念上是不可以并存的。如果依据依贤治国的原则，那么贤人是不受约束的；按照借势治国的原则，没有什么是不能约束的，不受约束的贤治和没有什么不能约束的势治就构成了矛盾。贤治和势治的不相容也就很清楚了。

且夫尧、舜、桀、纣千世而一出，是比肩随踵而生也①；世之治者不绝于中，吾所以为言势者，中也。中者，上不及尧舜，而下亦不为桀纣，抱法处势则治，背法去势则乱。今废势背法而待尧舜，尧舜至乃治，是千世乱而一治也；抱法处势而待桀纣，桀纣至乃乱，是千世治而一乱也。

且夫治千而乱一，与治一而乱千也，是犹乘骥駬②而分驰也，相去亦远矣。夫弃隐栝之法，去度量之数，使奚仲③为车不能成一轮；无庆赏之劝，刑罚之威，释势委法，尧舜户说而人辩之④，不能治三家。夫势之足用亦明矣，而曰“必待贤”，则亦不然矣。且夫百日不食以待粱肉，饿者不活；今待尧舜之贤乃治当世之民，是犹待粱肉而救饿之说也。

【注释】

①是比肩随踵而生也：踵：脚后跟。比肩随踵，喻不绝于途。或说当为“是非比肩随踵而生也”。这句话是说尧舜那样的圣人和桀纣那样的暴虐之人都不常有。 ②骥駬：二者皆古代名马。 ③奚仲：传说中古时善造车的人。 ④尧舜户说而人辩之：挨家挨户地去游说，一人一人地去辩白。

【译文】

况且尧、舜、桀、纣这样的人，（都是极少数的），一千世出现一个，就已经算是接踵比肩而至了。世上的统治者多数属于中等资质，我之所以要讨论权势问题，就是为了这些中等之人。中等才能的君主，与上相比不及尧、舜，与下相比也不至于成为桀、纣。他们谨守法度、掌握权势就可以使天下太平，废毁法度、放弃权势就会使国家混乱。假如废弃权势、背离法度而一味等待尧、舜（是不可取的），尧、舜那样的圣君出现了一次才有一世的太平，这是千世混乱才有一世的太平。谨守法度、掌握权势却出现了桀、纣等暴君，桀、纣那样的暴君（虽然）也会使天下混乱，（但这毕竟）是千世太平才有的一世混乱。

太平一千世才有一世混乱，与混乱一千世才有一世太平相比，就好比双方骑上千里马背道而驰一样，相距得太远了。如果丢开矫正木材的工具，放弃测量的技术，即使让奚仲去造车，连一个车轮子也做不出来。没有奖赏的鼓励，没有刑罚的威慑，抛开权势放弃法治，让尧、舜挨家挨户去劝导、去给人们辨析事理，连三户人家也管不好。权势之所以值得运用也就很明白了，这时如果再说"一定要依靠贤人"，就不对了。况且让人一百天不吃东西去等待好饭菜，那挨饿的人早就活不成了；如果要等待尧、舜那样的贤人出现来治理现在的民众，这就好比等着美食来救饥饿的人一样。

夫曰"良马固车，臧获御之则为人笑，王良御之则日取乎千里"，吾不以为然。夫待越人之善海游者以救中国之溺人，越人善游矣，而溺者不济矣。夫待古之王良以驭今之马，亦犹越人救溺之说也，不可亦明矣。夫良马固车，五十里而一置①，使中手御之，追速致远，可以及也，而千里可日致也，何必待古之王良乎？且御非使王良也，则必使臧获败之；治非使尧舜也，则必使桀纣乱之。此味非饴蜜②也，必苦菜亭历③也。此则积辩累辞，离理失术，两末之议④也，奚可以难夫道理之言乎哉？客议未及此论也。

【注释】

①五十里而一置：这里指驿站。　②饴蜜：饴糖和蜂蜜。泛指甘美的食物。　③亭历：即葶苈，草本植物，籽味苦，可入药。　④两末之议：

末，端末。

【译文】

说"良马坚车，笨奴才驾御它会被人讥笑，王良驾御它却能日行千里"，我不认为这话是对的。如果要等待善于在海中游泳的越国人来挽救在中原被水淹溺的人，越人虽然善于游泳，而落水的人却等不及了。如果要等待古代的王良那样的好手来驾驭现在的马车，也好比越人来挽救中原的落水者一样，显然是行不通的。良马坚车，每隔五十里设立一个驿站，让中等水平的车夫来驾驭，要想跑得快走得远，是可以达到的，日行千里也是可以的，何必等待王良那样的善于驾驭的人呢？并且，驾驭，要是不用王良，就一定会让奴仆把事办糟；治理国家，要是不用尧、舜那样的君主，那么一定就会让夏桀、商纣这样的暴君把国家搞乱。这就像说：味道如果不是蜜糖，那么一定是苦菜、葶苈一样。这种说法其实是多费口舌，违背事理，走向了议论的极端，怎么可以用来责难那种符合道理的正确主张呢？你的"任贤"的论说比不上这种"任势"的理论啊。

延伸阅读

韩非传

韩非者，韩之诸公子也。喜刑名法术之学，而其归本于黄老。非为人口吃，不能道说，而善著书。与李斯俱事荀卿，斯自以为不如非。

非见韩之削弱，数以书谏韩王，韩王不能用。于是韩非疾治国不务修明其法制，执势以御其臣下，富国强兵而以求人任贤，反举浮淫之蠹而加之于功实之上。以为儒者用文乱法，而侠者以武犯禁。宽则宠名誉之人，急则用介胄之士。今者所养非所用，所用非所养。悲廉直不容于邪枉之臣，观往者得失之变，故作孤愤、五蠹、内外储、说林、说难十余万言。

然韩非知说之难，为说难书甚具，终死於秦，不能自脱。

说难曰：

……

所说出于为名高者也，而说之以厚利，则见下节而遇卑贱，必弃远矣。所说出于厚利者也。而说之以名高，则见无心而远事情，必不收矣。所说实为厚利而显为名高者也，而说之以名高，则阳收其身而实疏之；若说之以厚利，则阴用其言而显弃其身。此之不可不知也。

……

夫龙之为虫也，可扰狎而骑也。然其喉下有逆鳞径尺，人有婴之，则必杀人。人主亦有逆鳞，说之者能无婴人主之逆鳞，则几矣。

人或传其书至秦。秦王见孤愤、五蠹之书，曰："嗟乎，寡人得见此人与之游，死不恨矣！"李斯曰："此韩非之所著书也。"秦因急攻韩。韩王始不用非，及急，乃遣非使秦。秦王悦之，未信用。李斯、姚贾害之，毁之曰："韩非，韩之诸公子也。今王欲并诸侯，非终为韩不为秦，此人之情也。今王不用，久留而归之，此自遗患也，不如以过法诛之。"秦王以为然，下吏治非。李斯使人遗非药，使自杀。韩非欲自陈，不得见。秦王后悔之，使人赦之，非已死矣。

申子、韩子皆著书，传于后世，学者多有。余独悲韩子为说难而不能自脱耳。

问题与讨论

1. 韩非子的"势"具有什么样的含义？

2. 韩非子"任势"与"任贤"的两种说法是否矛盾？在今天的社会，你认为人才的管理与选拔之间有怎样的关系？

第三节　韩非子·定法第四十三

问者曰："申不害①、公孙鞅②，此二家之言孰急于国？"应之曰："是不可程③也。人不食，十日则死，大寒之隆④，不衣亦死。谓之'衣食孰急于人'，则是不可一无也，皆养生之具也。今申不害言术，而公孙鞅为法。术者，因任⑤而授官，循名而责实，操杀生之柄，课群臣之能者也，此人主之所执也。法者，宪令著于官府⑥，刑罚必于民心，赏存乎慎法，而罚加乎奸⑦令者也。此臣之所师⑧也。君无术则弊于上，臣无法则乱于下，此不可一无，皆帝王之具也。"

【注释】

①申不害：(约前385—前337)，战国时期韩国著名的思想家。作为法家人物，以"术"著称，是三晋法家中的著名代表人物。　②公孙鞅：世称商鞅(前395—前338)，中国战国时代政治家，著名法家代表人物。卫国国君的后裔，姬姓，公孙氏，故称为卫鞅，又称公孙鞅，后封于商，后人称之商鞅。在秦国执政十九年，秦国大治，史称商鞅变法。　③程：衡量，品评。　④隆：

程度深。 ⑤任：能力。 ⑥宪令：法令。著：标出，显明的表述。 ⑦奸：干犯，抵触。 ⑧师：效法，取法。

【译文】

有人问道："申不害、公孙鞅，这两家的学说哪个对治理国家更为急需？"回答说："这是不能比较的。人不吃东西，十天就饿死了；寒气最盛的时候，不穿衣服也要被冻死。若说穿衣吃饭哪样对人更重要，那么应当是缺一不可的，都是维持生命所必需的。如今申不害主张术治而公孙鞅主张法治。所谓的术治，就是根据各人的才能来授予官职，根据名位来责求实际功效，掌握生杀的权柄，考核群臣的才能。这是君主所应该执掌的。所谓的法治，就是法令由官府明文公布，并且使人民心里相信法律的赏罚实施是非常有必要的，对于谨慎守法的人给予奖赏，而对于触犯法令的人进行惩罚。这是臣下所应该取法遵循的。君主没有权术，就会在上面受蒙蔽；臣下不遵守法则，就会在下面作乱，二者不可缺一，都是帝王治理天下的工具啊。"

问者曰："徒术而无法，徒法而无术，其不可何哉？"

对曰："申不害，韩昭侯之佐也。韩者，晋之别国也。晋之故法未息，而韩之新法又生；先君之令未收，而后君之令又下。申不害不擅①其法，不一其宪令则奸多故，利在故法前令则道②之，利在新法后令则道之。利在故新相反，前后相悖③，则申不害虽十使昭侯用术，而奸臣犹有所谲其辞矣。故托万乘之劲韩，七十年而不至于霸王者，虽用术于上，法不勤饰④于官之患也。公孙鞅之治秦也，设告相坐而责其实⑤，连什伍而同其罪，赏厚而信，刑重而必。是以其民用力劳而不休，逐敌危而不却，故其国富而兵强；然而无术以知奸，则以其富强也资人臣而已矣。及孝公、商君死，惠王即位，秦法未败也，而张仪以秦殉⑥韩魏。惠王死，武王即位，甘茂以秦殉周。武王死，昭襄王即位，穰侯越韩魏而东攻齐，五年而秦不益一尺之地，乃成其陶邑之封；应侯攻韩八年，成其汝南之封。自是以来，诸用秦者，皆应、穰之类也。故战胜则大臣尊，益地则私封立，主无术以知奸也。商君虽十饰其法，人臣反用其资，故乘强秦之资，数十年而不至于帝王者，法不⑦勤饰于官，主无术

于上之患也。”

【注释】

①擅：与下句“一”同，专擅，统一。 ②道：从，由。 ③悖：乖戾，乱。 ④饰：通“饬”，整治。 ⑤告：告奸。相坐：一人犯法，株连他人同时治罪。 ⑥殉：牺牲。 ⑦不：当为“虽”。

【译文】

问者又说：“只有术治而没有法治，只有法治而没有术治，这为什么不可以呢？”

我回答说：“申不害，是韩昭侯的辅佐大臣。韩国，是从晋国分出来的一个国家，沿袭晋国的旧法还没有废除，而新法又颁布了；前代君主的政令还没有撤销，而后来君主的政令又下达了。申不害不去调整那旧法和新法，也不去统一前后的政令，所以奸邪之事就多起来了。所以认为旧法令对自己有利，人们就依照旧法令行事；认为新法令对自己有利，人们就依照新法令行事。利益在旧法与新法中相互对立，前后违背，虽然申不害极力地让韩昭侯运用术，但奸邪之人还是有办法来为自己诡辩。所以凭借兵力雄厚的韩国，经过七十年的努力还不能成为霸主，这就是虽然在上面君主运用术治，但是却没有法治来对官吏进行整顿所造成的问题。公孙鞅治理秦国，设立告奸奖赏和诬告连坐的制度以求犯法的真实情况，使什伍之家同受罪责，奖赏丰厚而且信守承诺，刑罚很重而且必定执行。因此秦国人民努力耕作，累了也不休息，追击敌人，再危险也不退却，所以国富兵强；然而没有术来识别奸邪，结果秦国的富强不过是用来帮助了大臣罢了。等到秦孝公、商鞅死后，秦惠王即位，秦国的法并没有废除，而张仪把秦国的力量牺牲在与韩国、魏国的争斗上。秦惠王死后，秦武王即位，甘茂把秦国的力量耗费在进军周国的战争上。秦武王死后，秦昭襄王即位，穰侯魏冉越过韩国、魏国向东攻打齐国，前后五年而秦国没有增加一尺土地，但魏冉自己却扩大了他陶邑的封地。应侯范雎攻打韩国八年，也只是得到了他那汝水南面的封地。打那以后，在秦国执政的人，都是魏冉、范雎一类的人物。所以战胜了敌国，大臣就尊贵起来；扩充了土地，臣子的封地也就建立起来了；这是君主不能用权术识别奸邪小人的缘故啊。商鞅虽极力整顿法令，官吏反而利用它为自己谋利。所以秦国的君主虽有强大的国力，几十年了却没有成就帝王霸业，就是因为法治虽在整顿吏治方面有用，但君主在上却没有使用权术、谋略的缘故。”

问者曰：“主用申子之术，而官行商君之法，可乎？”

对曰：“申子未尽于法也①。申子言：‘治不逾官，虽知弗言。’治不逾官，谓之守职也可；知而弗言，是谓过也。人主以一国目视，故视莫明焉；以一国耳听，故听莫聪焉。今知而弗言，则人主尚安假借矣！商君之法曰：‘斩一首者爵②一级，欲为官者，为五十石之官，斩二首者爵二级，欲为官者，为百石之官。’官爵之迁与斩首之功相称也。今有法曰：‘斩首者令为医匠。’则屋不成而病不已③。夫匠者手巧也，而医者齐药④也，而以斩首之功为之，则不当其能。今治官者，智能也；今斩首者，勇力之所加也。以勇力之所加而治⑤智能之官，是以斩首之功为医匠也。故曰：二子之于法术，皆未尽善也。”

【注释】

①申子未尽于法也：当为“申子未尽于术也”。　②爵：授予爵禄，增加爵禄。　③已：治愈。　④齐：通：“剂”。齐药，调配药物。　⑤治：办理；处理。

【译文】

问者又说：“让君主运用申不害的术，而让官吏施行商鞅的法令，这样就可以了吗？”

我回答说：“申子的术不够周全，（商鞅的法也不够完善）。申子说：‘办事不要超越职权，职权之外的事即使知道也不可进言。’办事不超越职权范围，可以称为守职；即使知道也不进言，这不是太过了吗？君主凭借全国人的眼睛去看，所以看得最清楚；凭借全国人的耳朵去听，所以听得最清楚。假如管理知情也不进言，那么君主还能凭借什么去了解情况呢？商鞅的法令规定：‘斩获一个敌人的首级爵位就升一级，想要做官的就给年俸五十石的官职；斩获两个敌人的首级爵位就升两级，想做官的就给年俸一百石的官职。’官职爵位的升迁和斩获敌人的首级的数量是对应的。如果有法令规定：‘斩获敌人首级的，就让他去做医生、工匠。’那么房子盖不成而疾病也治不好。工匠在于手巧，而医生靠的是配药，如果用杀敌立功的人来干这些事，他们的才能就不能适应了。现在治理政事，靠的是才智；斩获敌人首级，靠的是勇力。如果让有勇力的人去担任需要才智的官职，那就好比让杀敌立功的人去当医生、工匠一样。所以我说：申子的术和商君的法，都还没有达到完善的地步。”

延伸阅读

法术势的结合

韩非法术势的结合

韩非根据新兴地主阶级的要求，总结了前期法家的统治经验，他认为法、术、势三者的关系是统一的，不可孤立的。为了推行地主阶级的政治改革，彻底打垮奴隶制，必须变法，实行法治。推行法治必须掌握政治上的权势。他主张统治者要有势。他吸取了前期法家的经验，认为有法有势而无术，会大权旁落，人君得不到利益。有术而无法，就不能有效地推行政令，使国家富强。韩非继承了商鞅、申不害、慎到的法、术、势的思想，不过有所发挥、发展，形成了新兴地主阶级的一套完整的统治思想体系。

法治是对西周以来为奴隶主贵族相沿几百年的礼治而言的。奴隶制，“刑不上大夫”。法治是对世官世禄、贵贵亲亲的奴隶制的直接的打击。墨子的尚贤主张客观上打击了世官世禄制，韩非的法制才进一步为中央集权的官僚政治开辟了道路，与奴隶制决裂。他的法治的原则是“使法择人，不自举也”，选用人才要彻底打破奴隶制的宗法传统，“内举不避亲，外举不避仇”，用人要经过工作考验：“验之于任，试之于事，课之于功。”下面分别论述韩非对法、术、势学说的发展与综合。

法是“编著之图籍，设之于官府，而布之于百姓”的，在理论上，除了君主个人以外，不论贵贱，一律受法的约束。“刑过不避大臣，赏善不遗匹夫。”

儒、墨各派主张用仁义治天下，韩非认为不论他们各家的仁义的内容如何，总是一些不能实现的空话。客观形势变了，国家的机构扩大了，疆土也开拓了。“必任贞信之士，则人不足官”，所以不必任贤，只要任法。他认为只要有严格的考核办法就可以使国家富强。当时的保守主义者为奴隶制辩护，以轻刑为爱民。韩非继承了前期法家商鞅的“以刑止刑”的观点。他认为重刑既有利于君，“奸之所利者细，而上之所加焉者大”；也有利于守法的人民，“民不以小利蒙大难”。轻刑“利奸邪而害善人”。与重刑相配合的是严格条件的厚赏，“报一人之功而劝境内之众”。

重刑、厚赏的理论根据是他的性恶论。他继承了荀子的性恶论，认为“好利恶害，夫人之所有也”，利用人性好利避害的特点，可以用赏、罚作为工具。韩非把他自己剥削阶级的自私自利的本性看作一切人共同的本性，他认为利用人类这种“本性”，统治者就可以以赏罚为工具，驱使人民，为所欲为了。剥削阶级当它还没有经过惨重的历史教训时，是不会看到人民的威力的。

韩非的重术思想，渊源于申不害，为了建立中央集权的封建国家，在新的阶级矛盾的条件下，韩非提出术是“藏之胸中，以偶众端而潜御群臣”的工具，人主要不动声色地掌握赏罚的大权。这是老子的“国之利器，不可以示人”的思想，运用于驾驭群臣。他从性恶论的观点出发，不相信人们之间真正的互相信赖和忠诚，他提出人君不要“恃人之以爱为我”，不要去希望得到人民的爱戴，而是要人君握有“使人不得不爱我之道”，即握有使人不得不为我出力的方法。他的手段（术）是“无为无见”，人君不要暴露自己的思想倾向，要使臣猜不透；同时再利用臣下的互相监视，“以一得十”，把每一个臣放在多数臣的监视之下。他认为这样，统治者才可以安全。

对于势的理解和运用，韩非也发展了前期法家慎到的观点。因为战国末期，地主阶极已经登上政治舞台，并已经直接统治了广大人民。它一方面对维护奴隶制的思想进行斗争，一方面它和广大人民已处在对立的矛盾的地立。作为地主阶级的代言人的韩非，对人民和地主阶级的利害矛盾比过去一切哲学家认识得都深刻。他第一个撕破了宗法血缘关系遮掩下温情脉脉的纱幕，直截了当地指出“爱民如子”的口号是虚伪的，不但对人民起不了欺骗作用，而且对统治者也是不利的。他看到了君民之间只有赤裸裸的利害对立的关系，“君上之于民也，有难则用其死，安平则尽其力”。他对君民关系不再抱调和矛盾的幻想，因为他们之间没有共同的利害，只有对抗性的利害关系。因而他提出君主必须运用他的权势去统治人民，“且民者固服于势，寡能怀于义”。他举出即使像孔子那样的圣人，在孔子感化下甘心为他服役的不过七十个学生，鲁哀公不过是个下等的君主，由于他有权势，全鲁国的人民没有敢不服从的，就连圣人孔子也要听他的指挥。他由此得出结论：可见仁义不可靠，只有人君掌握住政权才能统治下去。

韩非站在剥削阶级的立场来观察人与人的社会关系，他把人们的一切关系都折合为利害关系。他认为不但君民之间不能靠什么仁义来维系，即使一家人，父母和子女之间也没有什么纯真的恩爱，也还是利害的结合，有的农民生下男孩就留着，生了女孩就不养活她，也是由于父母考虑到男孩子长大了可以代替父母劳动。君臣之间也是利害关系的结合。韩非的时代，地主阶级与农民的矛盾已经上升为主要矛盾，因而他对于势（政权）的理解也比慎到的深刻得多。他认为有了势，才有可能贯彻法治，运用权术。

法、术、势三者的结合，构成了一个有机的政治思想体系，它成为地主阶级建立中央集权封建国家的工具。

（节选自任继愈编写《韩非》）

问题与讨论

1. 法、术、势三者在韩非子那里各是什么含义？它们之间具有怎样的关系？
2. 你是否喜欢韩非子的法家学说？它有什么可取和不足之处？理由是什么？

(鄂)新登字02号

图书在版编目(CIP)数据

诸子文选:高二年级 上册/武汉大学国学院编.—武汉:湖北教育出版社,2015.8
(国学读本)
ISBN 978-7-5351-6588-6

Ⅰ.诸… Ⅱ.武… Ⅲ.传统文化-中国-高中-课外读物
Ⅳ.G634.303

中国版本图书馆CIP数据核字(2011)第117401号

出版 发行:湖北教育出版社 武汉市青年路277号
网 址:http://www.hbedup.com 邮编:430015 电话:027-83619605

经 销:新 华 书 店
印 刷:仙桃市新华印务有限公司 (433000·仙桃市仙源大道15号)
开 本:787mm×1092mm 1/16 7印张
版 次:2011年8月第1版 2015年8月第5次印刷
字 数:100千字

ISBN 978-7-5351-6588-6 定价:15.00元